contents

第1話 「【サモナー】は、転職する」 6
第2話 「【タイマー】は、荷物持ちになる」 13
第3話 「【タイマー】は、驚愕する」 16
第4話 「【タイマー】は、囮にされた」 22
第5話 「【タイマー】は、恐る恐る目を開けた」 27
第6話 「【タイマー】は、ドラゴンを倒した」 32
第7話 「『鉄の拳』は、辛くも脱出する」 43
第8話 「【タイマー】は、余裕で脱出する」 49
第9話 「【タイマー】は、ギルドに顔を出す」 55
第10話 「【タイマー】は、ギルドに報告する」 64
第11話 「【タイマー】は、全てを話す」 70
第12話 「【タイマー】は、勧誘される」 78
第13話 「【タイマー】は、追及する」 83
第14話 「【タイマー】は、袂を分かつ」 92
第15話 「【タイマー】は、いちゃもんをつけられる」 102
第16話 「【タイマー】は、ぶっ飛ばす!」 107
第17話 「『鉄の拳』は、入院する」 121
第18話 「【タイマー】は、物思いにふける」 130
第19話 「【タイマー】は、ギルドに顔を出す」 139
第20話 「【タイマー】は、実技試験に臨む」 150
第21話 「【タイマー】は、圧倒する」 158
第22話 「【タイマー】は、激突する」 168
第23話 「【タイマー】は、ぶっ潰す」 178
第24話 「【タイマー】は、断る」 195
第25話 「【タイマー】は、報告を受ける」 201
第26話 「【タイマー】は、認定される」 204
第27話 「【タイマー】は、超々希少職になる」 209
第28話 「【タイマー】は、不穏な話を聞く」 214
第29話 「【タイマー】は、狙われる」 218
第30話 「『鉄の拳』は、治療する」 225
第31話 「【タイマー】は、換金する」 232
第32話 「【タイマー】は、襲われる」 239
第33話 「【タイマー】は、衛兵に突き出す」 244
第34話 「【タイマー】は、チェンジする」 251
第35話 「【タイマー】は、『時の神殿』の詳細を聞く」 257
第36話 「【タイマー】は、留置所に向かう」 262
第37話 「【タイマー】は、牢屋を駆ける」 268
第38話 「【タイマー】は、突入する」 271
第39話 「【タイマー】は、少女に出会う」 284
第40話 「【タイマー】は、タイマーと邂逅する」 291
第41話 「【タイマー】は、少女に問いかける」 299
第42話 「【タイマー】は、少女を送る」 302
第43話 「【タイマー】は、ゴロツキを薙ぎ倒す」 308
第44話 「【タイマー】は、追い詰める」 316
第45話 「【タイマー】は、仲間を得る」 324
第46話 「【タイマー】は、ギルドで情報を得る」 335
番外編 344
あとがき 350

追放されたSランクパーティのサモナー。
転職してテイマーになるはずが
女神の誤字のせいでタイマーにされ、
仲間からゴミ扱い。
でも実は最強の
「時使い
でし
LA軍 lagun
illust. ぴず pyz

第1話「【サモナー】は、転職する」

Sランクパーティ。

それは冒険者ギルドで認められた最強のパーティの証。

個々の実力だけでなく、それぞれが発揮する力が合わさり、まさに『最強』と呼ばれる一党《パーティ》のことである。

そして俺こと――【サモナー】のルビンが所属するパーティも、まさにその最強と称されるSランクパーティだった。

鉄壁の護りを誇る重戦士《ヘヴィアーマー》のアルガス。

人類最高峰の叡智を持つと称される大賢者《アッカーマン》のサティラ。

清らかな心を持ち聖女の地位にある教会の至宝――救世主《メサイア》のメイベル。

ギルドの懐刀と噂される至高の召喚士《サモナー》のルビン。

最後に、
優れた統率を誇る次代の勇者と称えられる双剣使い《ツインソード》のエリック！

これが、冒険者史上――そして歴代でも最強と謳《うた》われるSランクパーティ『鉄の拳《アイアンフィスト》』の編成だった。

そして、今日!!　このパーティは更なる高みを目指そうとしていた。

というのも、長年の成果の集大成として、パーティが活動して貯めた経験値は並の冒険者なら到達し得ないＬｖに達しており、ついに伝説の神殿への入城を可能にしたのだ。

そう、ここは冒険者ならば一度は夢に見るという、かの有名な転職の神殿。Sランクとして実績を積み、人類に貢献し得ると判断されたパーティとメンバーだけが、特別に使用を許されるという希少な場所。そこに、『鉄の拳』のメンバーは立っていた。

「ついに——ついに来たな……！」

「あぁ、念願の上級職への転職だぜ！」

リーダーのエリックが感極まって言うと、アルガスも感激して声をあげる。

そして、サティラとメイベルの女子二人はただただ感動して涙を流すのみ。

「で、でも、今の寄進だけじゃ、一人しか認められないんでしょ？　誰が転職するの？」

「サティラ。それはとっくに決めていたじゃない？　ね」

興奮して顔を赤くしたサティラを慰めるように、メイベルが優しく頭を撫でる。

「あぁ、もう決めたことだ——俺たちはドラゴンを手に入れる。だろ？」

そう。

Sランクパーティ『鉄の拳』の念願。

世界最強種たるドラゴン——これをテイムするのだ！

そして、更なる力を得てSランクの力を盤石とする。

「そうだ！」

「そうだね！」

「そうよ！」

そのためにも！

「ルビン!!」

「うん！」

エリックの力強い声にルビンが堂々と前に進み出る。

「サモナーの上級職である、【テイマー】。これになることができるのは、お前しかいない――

頼んだぞ」

「わ、わかった！」

長年組んで冒険を続けてきた信頼感。それをエリックから感じたルビンは力強く頷いた。そして、神殿の兵士に案内され、パーティはルビンを先頭に奥へと進んでいく。

「す、すげぇ……これが神話の時代からあるっていう転職神殿」

「神々しい力を感じますね」

メンバーがそわそわしながら周囲を見回している中、ルビンは一人緊張していた。

なにせ、転職だ。

人が天より授かる『天職《ジョブ》』を、神の力をもって『転職』せしめる御業《みわざ》に触れるのだ。

その上、慣れ親しんだ召喚士《サモナー》としての力を失うのも少し寂しかった。

「(……キウィ?)」

そっと、召喚獣を一体呼び出してみる。

すると、中空にあらわれた魔法陣から、美しい毛をした半透明のキツネが現れてルビンの足に纏《まと》わりついた。

偵察型の獣型召喚獣――『キウィ』だ。

この子は使い勝手がよく、そして、ルビンによく懐いているため召喚することが多い。

「(もしかすると、お前ともこれでお別れかもな……)」

『きゅるるるる……』

ルビンの言わんとすることがわかったのか、キウィはスリスリと頭を擦り付ける。

「おい、ルビン。今は無駄な力を使うなよ。転職神さまの御前《おんまえ》だぞ」

そう言われて立ち止まった時、ルビンたちの前には巨大な水晶があった。

「こ、これが転職神……」

パーティの誰かが言った言葉。そこには、まさに神と称すべき姿があった。

水晶の中に浮かぶ美しい女性。

『はぁい、いらっしゃぁ～い』

気だるそうな声をあげるのは水晶の中の神さまだった。

彼女は名乗りこそしないが、一般的には『転職神』などと呼ばれている。

ルビンは、その気だるそうな神に呼ばれて、恐る恐る前に出る。パーティのメンバーも緊張してガチガチだ。

『ちょっとぉ、早くしてよぉ——限定イベント始まっちゃうんだからぁ』

(な、なんかやる気のなさそうな人だな……あ、人じゃなくて、神さまか)

ルビンは恐る恐る前に進み出て、その神様をマジマジと観察した。

水晶の中の彼女。見た目は20代くらいの女性で、煽情《せんじょう》的な格好をして水晶の向こうの空間でゴロンと寝転んでいる。

そして、手には小さな箱のようなものを持ちポチポチと操作している。

……こちらを見ようともしない。

「あ、あの。ど、どうすれば……？」

『ん～？　そこぉ。水晶に触れてくれればぁ、こっちで情報見てぇ、決めるからぁ』

「は、はい」

ルビンは恐る恐る水晶に触れる。

『……ふ～ん。——貧乏貴族の男爵家。生まれは次男で、ルビン・タック君ね～』

え？

（俺、名前言ってないぞ……??）

アンニュイな雰囲気のまま、女神はゴロゴロとしながら面倒くさそうに答えている。

『剣術に馬術ぅ、魔法基礎に神聖学ねー。努力してるじゃゃ～ん？　あ、転職だっけ？　入力するからぁ、申告してね～』

「は、はい！」

（にゅ、入力……？）

少し不安になってパーティを振り返ると、一瞬冷たい空気を感じたものの、すぐに全員がニッコリ笑って頷いてくれた。それに安堵してルビンはハッキリと告げた。

「【テイマー】を……。俺を【テイマー】にしてください」

『あいあ～ぃ。よっこら～せっと——…………あっ』

ルビンが水晶に触れてしばらくすると。ぼやぁ……と、水晶に文字が現れる。

それが徐々に形を成していくのだが……。

今。『あっ』って、言ったか？　って、いやいや。今はそれよりも――。


【テイマー】


文字がぼやけてよく見えないけど、確かに【テイマー】と、そう見える。

「おい、見ろよ！　すげぇ……本当に、希少職《ユニークジョブ》に転職したぜ！」

「やったなルビン！　ん？　でもあれって……」

「テイマーなら今後も安泰ですね。王国の竜騎士団で引っ張りだこですし、羨ましい……――あれれ？」

「な、なんですか？　これは――」

周囲で見守っていた仲間たちが、ルビンが得た天職を見てざわついている。

そして、ルビンは……。

「や、やった。これで俺は【テイマー】に！」

仲間に……。そして、皆に貢献できる！

【調教師《テイマー》】はサモナーの上となる希少職。

この世界に溢れている様々な魔物を使役できる、珍しい職業だ。

それはゴブリンにはじまり、果てはドラゴンまで。

冒険者パーティなら喉から手が出るほど欲しがる職業であり、末は王立竜騎士団。またはギルドに入れば正職員は間違いなしの、人気の職業なのだ。

「――あ、ありがとう、神様！」

『あー……メンゴメンゴ。誤字っちゃった。ま、一文字だし、いんじゃね？　――じゃぁね～』

そして、振り返りもせずに水晶の奥で小さな機械をポーチポチ……。

…………は？　ご、誤字った、って??

「お、おい、見ろよ。あ、あれって……、【テイマー】じゃないぜ？」

「な!?　ほ、ほんとだ――って、【タイマー】ってなんだ？」

「新しい希少職？　でも、聞いたことないよ？」

ざわざわ
ざわざわ
パーティのざわつきにルビンは恐る恐る顔を上げ、水晶に浮かんだ文字を確認する。

「え…………？」

そこには――……。


【タイマー】


Sランクパーティのルビン・タック。

最強の【サモナー】であった彼は今日――【タイマー】になった。

第2話「【タイマー】は、荷物持ちになる」

「おい、グズグズすんな！　さっさとついてこい！」

「っち……。荷物持ちもできねぇのかよ！」

「もー、エリックもアルガスもうるさい！　集中できないから怒鳴らないでよ！　っていうか、ルビンも報酬分くらいは働いたらぁ!?」

Sランクパーティ推奨の高レベルダンジョン『地獄の尖塔《ヘルズタワー》』に挑む『鉄の拳』の面々。

その最後尾には、山のような荷物を担いだルビンがいた。その扱いはまるで奴隷のようにも見える。

……………あの日以来、ルビンの扱いはガラリと変わってしまった。

「ご、ごめん……だけどーー」

身体中にできた擦り傷や切り傷。

その中にはかなり深いものもあり、骨にまで達する大きな傷までもが……。

「あ、あの。休憩しませんか？　このままではルビンさんが……」

満身創痍《まんしんそうい》のルビンを気遣うのはメイベルただ一人。だけど、回復魔法をかけてくれる気はないらしい。

この先、何が出るか分からないダンジョンだ。魔力を温存したいのだろう。

「「ちっ!!」」

エリックたちが苛立たしげに舌打ちをする。

のだ。

「また休憩～？　全然進まないよー。ねぇ、今日中に2階層までくらいは到達しようよ～」

ペタンと女の子座りで抗議の声をあげるサティラ。だが、それは当然ルビンに向けられたものだ。

「もーさぁ。荷物くらいあとで回収しようよー」

「そうもいかんだろうが。このグズを一人残していけば、すぐに魔物の餌になってしまうしな」

「いっそ、それでもいいんじゃないか？」

次々にぶつけられる悪意。

先日まではこんなことはなかったのに……！

「皆──酷いですよ。ルビンさんは大切な仲間じゃないですか！」

一人ルビンを庇ってくれるのはメイベルだけ。

「何《なあに》が大切な仲間だ。ロクに荷物持ちもできない──無駄飯食らい。昔はどうか知らんが……今じゃただの足手まといだよ」

そう言って吐き捨てるアルガスに、反論する気も起きない。

「だけど……」

「あぁ、あー!!　わかったよ！　30分だけだ。いったん休憩したら一気に行くぞ。わかってんだろうな、ルビン!!」

「も、もちろんだ」

渋々折れたのはエリック。

そして、傷だらけの身体を押して、無理に作り笑いを浮かべるルビン。だけど当然無理なことは分かっている。それでも、ここで頑張らないと本当に見捨てられてしまうだろう。

『きゅぅん……』

スリスリと頭を擦り付けてくるキウィ。

この子だけはルビンが【サモナー】でなくなった今も傍にいてくれる。

というよりも、ルビンがサモナーでなくなったため、精霊界に帰る術がなくなったのだろう。

思えばかわいそうなことをしてしまった……。

「大丈夫だよ……いつもありがとな」

ペロペロと傷を舐めてくれるキウィ。別に回復効果があるわけではないが、多少は気が紛《まぎ》れる。

ルビンは傷口に安物の薬草を擦り込むと、休憩の間は体力を使わずジッとしているのだった。

第3話「【タイマー】は、驚愕する」

休憩が終わり、エリックたちは今度こそ順調にダンジョンを進んでいた。

先ほどまでの魔物の猛攻が嘘のように鳴りを潜め、まるでこの先を忌避するかのように魔物の気配が希薄になっていた。それをいぶかしく思いながらもエリックたちは歩を進め、遂に2階層の入り口に到達した。

「よし、ここを上り切れば2階層だ。全員で全周警戒――敵との不期遭遇にそな……」

勢いよく階段を上り切ったエリックが驚愕のあまり硬直する。

「な」

「「「なんで……!?」」」

いや、エリックだけではなく全員だ。

「ど、ドラ……ゴン!?」

「ば、バカな!!　まだ2階層だぞ!?」

前衛職のエリックとアルガスは恐怖のあまり足がすくんでしまったようだ。

それは後衛のサティラとメイベルも同じこと。ルビンだけは息も絶え絶えでまだ前方の様子に気づいていない。

「くそ!　さすがにこの装備じゃ分が悪い――撤退するか?」

「いや、既にバレてるぞ!　ドラゴンは執着心が強いモンスターだ。誰かが足止めにならないと!」

「あ、足止めって、アンタたちマジなの!?」

非情な意見にサテイラも目を剝《む》くが、

――ギィェェエエエエエエエエエエエエエエン!!

「ちぃ、ドラゴンが来るぞッ!」

「逃げろッ!!」

その言葉を合図に全員が遁走《とんそう》開始。

だが、空を舞うドラゴンから逃げる術などない!

「ち。考えてる暇はねぇな……」

「だな、足止め――……いや、囮《おとり》を決めねぇと」

みな言わずとも、彼等が何を考えているかヒシヒシと伝わってきた。

「お、囮って。そ、そんな!? いくらなんでも、それは酷いんじゃ――。だって死ぬんだよ!?」

「はッ! じゃあ全滅するか? それとも、お前が代わりにやるか!?」

獰猛《どうもう》な目つきでエリックに睨まれたサティラが押し黙る。

「め、メイベルもなんとか言ってよ」

「いえ、賢明な判断です――……誰かを犠牲にする。そして、確実な方法は一つだけ」

(え……?)

チラリとメイベルから視線を感じたルビン。

そして、

「ははーん。なるほどな」

「ああ～!!　そういうこと！」

エリックとアルガスは手を打って納得すると、

「悪いなルビン」

「そうそう、ここで一発――骨のあるところを見せてくれよ」

ニヤリと笑う二人の男。

「お、おい！　嘘だろ!?」

だが、走り抜けるパーティの間に緊張が走る。相談している間にもドラゴンはあっという間に追いつき、今にもパーティの最後尾が食らいつかれそうだ。

……いや、緊張が走ったのはルビンだけ。

他の4人は既に納得してしまっていたようだ。

「ご、ゴメンね。ルビン」

サティラ!?

「へ。恨むなよ……。【サモナー】として使い物にならなくなった時点で、お前を捨ててもよかったんだ」

「そーそー、これは温情だぜ？　ほら、忘れたのか？」

な、なにを！

「俺たちの目的はドラゴンをテイムすること……。今がちょうどよい機会なんじゃねぇのかぁぁあ！」

シャキン！

「う！　アルガスおまえ――」

「せいぜい時間を稼げや！　骨くらい拾ってやるぜ」

「あぐっ!!」

殺気を感じて身を捻《ひね》ったが、一歩遅かった。

重戦士とはいえ、アルガスもひとかどの剣士――しかも、逃げようとしたルビンの背を押さえつけたのは、あのエリックだ。

「せめてもの情けだ。実家には見舞金を送っておいてやるよ」

「エリックっ！」

無情にも振り下ろされ、エリックの剣がルビンに当たる。

「ぐっ……!?」

どうやら斬られたのは足の腱らしい、ブシュッと鮮血がほとばしり、今更になって激痛が走る。

「ぐぁぁぁあああああああ!!」

悲痛な叫びがこだますると、一気にドラゴンの意識《ヘイト》がルビンに向いたのを感じた。

「へへ、いい声で鳴くじゃねぇか」

「おーおー、立派な囮だぜぇ」

そうだ。エリックたちは、ドラゴンが生餌を好むことを知っていて、ワザと致命傷を避けてルビンを斬ったのだ。ルビンの悲鳴すら囮に使えるとばかりに――。

くそ……！　みんなッ‼。

「ま、待ってッ！」

なんとか、助けを……と手を伸ばすも、先に駆けていく女子二人はこちらを振り返ろうともしない。

（そりゃ、そうか……）

サモナーでなくなった途端に、ルビンのお荷物ぶりに露骨に声をあげていたサティラ。

彼女も、さすがに囮にするのは反対してくれたと思っていたけど、やはり自分の命は惜しいらしい……。

そして、最後までルビンを庇ってくれたメイベルですら、結局はルビンを犠牲にすることを認めていた。

そして、ルビンに直接手をかけたアルガスは言わずもがな。

付き合いの長いエリックですら、最後はルビンを押さえつけ冷酷に見捨てた。

「エリぃぃぃッッック」

（な、なんでこんなことに……！）

ただ、転職に失敗しただけなのに――。

それもルビンのせいではない！　あの女神のミスだというのに。

今まで分かち合った苦労や、背中を預けた戦いは何だったのか。最後に見捨てるくらいなら、いっそもう一度転職に挑戦したり、それが無理ならさっさと除名してくれればよかったのだ……！

こんなアイツら、見たくもなかった!!
ああ、もういい!!
わかったよ、囮だぁ?
やってやればいいんだろぉぉおお!!
半ばヤケクソになったその時、
「な!　このキツネぇぇえ!」
(き、キウィ!?)
『きゅるるるるる!!』
ルビンに付き従っていたキウィがエリックの足に食らいついた。

第4話「【タイマー】は、囮にされた」

「ちぃ！　離せッ、このゴミ召喚獣がぁぁあ！」

「よせ、キウィ!!」

キウィには理解できたのだろう。パーティがルビンを囮にして逃げようとしていることに。

そして、ドラゴンに立ち向かいすらしないことに!!

だから……。

だから、エリックに待てと――。ルビンを連れていけと……!!

「邪魔をぉぉおお、するなぁぁああ！」

「やめろぉぉぉおお!!」

ズバッ――……。

『きゅうぅうううん!!』

エリックは容赦なくキウィを切り裂くと、唾を吐き捨てて、今度こそ振り返りもせずに逃げていった。

「キウィぃいいいいい!!」

バウンドして、床に臥《ふ》すキウィ。

彼等召喚獣の血である精霊力が、キラキラと傷口から漏れていく。切り裂かれた腹の傷は深く、とても助かるとは思えない。

そして、サモナーでなくなったルビンには彼にしてやれることも、もう何もない……。

何も――。

「キウィ、キウィ!!」

『きゅるる……』

足を切り裂かれながらもキウィに縋《すが》りつくルビン。その頃にはパーティの姿はどこにも見えなくなっていた。

そして、背後で荒々しい息遣いが聞こえる。

きっとドラゴンだろう……。

だけど、もういい。もういいんだ。

「キウィ…………」

サモナーとして、常に共に戦ってきたキウィ。優しく、そして愛らしい姿に癒やされた。

サモナーでなくなった時も、キウィだけは残ってくれた。最後までルビンといてくれた……。

だけど、もう……………。

キラキラと零《こぼ》れる精霊力とともに、キウィの姿が溶けていく。

最後に『きゅうん……』と鳴いて、ルビンの手を舐めて――……そして、消えていった。

あとにはサァアアア……と砂のように精霊力が舞い散り、世界に溶けていく。

そして――チャリン♪　と、キウィにつけていた首輪だけが残った。

それで最後だった。それが最期だった。首輪だけが――彼がこの世にいた証。

「き、キウィぃぃぃぃぃぃいいいいいい!!!」

ルビンの慟哭《どうこく》が『地獄の尖塔』に響き渡り、ドラゴンの叫び声がそれを塗りつぶした!

――ギィィェェエエエエエエエンン……!!

「ごめん、キウィ。…………君のいる世界に行けるかな？　俺――」

首輪を握りしめ、ゆっくりとドラゴンに向き直るルビン。

そして、奴を真正面から睨み付ける。

ふしゅー

ふしゅー

「ドラゴン…………」

そういや、コイツ《ドラゴン》をテイムすることが目的だったっけ。

サモナーとして稼いだ経験値とＬｖがあれば、【テイマー】になっていさえすれば、理論上、ドラゴンもテイムできたはず。

だけど、ルビンは【タイマー】。

バカ女神のせいで【テイマー】になり損ねてしまったパーティのお荷物。

あの日以来何度も「テイム」が使えないかと試したが無理だった。

そして、召喚術すら使えなくなったルビン。

（なるほど……。たしかにお荷物だよな、俺）

それでも、最後に何かできないかと手を翳《かざ》したルビン。それを見たドラゴンは低く唸《うな》り、今にも食らいつかんばかりだ。

だけど――――……。

「よぉ、ドラゴン――俺の仲間にならないか？　なぁ…………『テイム』！」

無駄だとは思いつつ、ルビンはドラゴンに『テイム』を仕掛けた。

――ギィェエ？

首をかしげたドラゴン。ルビンの手と顔を交互に眺めている様子に、敵意は感じない――。

（あ、あれ？　もしかして、うまくいった――……？　テイムが成功したのか――）

そう思った時、

――ギィィィィイエエェェエェエエエエン!!

ビリビリと空気が震える大声量！　そしてドラゴンが、ぐわばッ、と大口を開ける。

そして、ルビンを一飲みにせんと迫り――、

「は、ははははは…………そんなうまくいくわけないか――」

ルビンの乾いた笑いだけがむなしく響いた。そして、バクリと食らいつかれる瞬間、走馬灯のように思い出が巡り始めた。

没落した貴族家で過ごす幼少期。

家の助けになればと冒険者を目指したあの日。

エリックたちと出会い、パーティを組んで日々戦った。

Sランクに昇格したあの日の喜び。

そして、転職神殿でのあり得ない事故。

役立たずになり、虐げられる日々。

日々募る不満と陰口を黙って耐える毎日。

最期は、エリックたちに見捨てられ――……。

ドラゴンに食われる――!!

(あぁ、畜生。覚悟はしていたんだけどな……)

馬鹿馬鹿しいけど、エリックたちの囮になるのも悪くないかな~って、……ホント、バカだよな。

「そう思ってたんだけどなー。あ、あはは、だけど痛いのはヤダな……」

そして、食らいつかれるその瞬間を想像して顔が引きつる。

激痛を想像して後悔する。

だから、

「ちょ、ちょっと『タイム』――!!」

ぴた……………。

第5話「【タイマー】は、恐る恐る目を開けた」

みっともなく、ドラゴンに命乞《いのちご》いをしたルビン。だが、そんな願いが聞き入れられるはずもなく、すぐにパクリと食われるだろう。と、そう思っていたんだけど……。

（…………………あ、あれ？　もう、食われたのかな？　痛くなかったけど……）

ルビンはいつまでたっても死が訪れないことに気づいて、恐る恐る目を開けた。

きっと、そこには血まみれの自分がいるはずと思っていたのだけど………………？

「――ひぃ!!」

目を開けたルビンの前には大口を開けたドラゴンが!!

今にも食らいつかんばかりの形相。その口が閉じられればルビンは一瞬でブシュ！　と血袋のようになるのだろう。

だけど、

「…………………え？　あ、あれ？」

な、なんだこれ？

なぜか、いつまでたってもドラゴンは動かない。

それどころか、ピクリともせず生命活動を感じない……。

「なん、だ――これ？」

そっと立ち上がり、恐る恐るドラゴンから距離をとる。

途中、アルガスに斬られた足がひどく痛み、その激痛のあまり転んでしまったが、それでもドラゴンは動き出す気配がない。

「ど、どーなってんだ？　まるで時間が止まったみたいに……」

ッ!?

――じ、時間!?

「も、もしかして。さっきのタイムで⁇　ま、まさか、俺がドラゴンを止めたのか？」

いやいや、そんな馬鹿な話……。だけど、この現象はまるで――。

（そ、そういえば……）

たしか、禁魔法《タブーマジック》の中に、時間魔法というものがあるというが……。

時間魔法。それは世界の理《ことわり》に介入する禁魔法の一つであり、研究することはおろか、存在すら許されていない魔法だ。

しかし、大昔からその魔法の存在は囁《ささや》かれており、使用者や研究者は後を絶たないという。

時折、摘発《てきはつ》される魔術師もいるというが、彼等がそれを成功させたという話は聞かない。

だけど、

「じ、時間……魔法なのか？　俺が――？」

でも、どうやって？

魔法なんて使った覚えはないし、さっきは確か、「タイム」って言ったんだっけ？

テイムとタイム――……。

「え？　まさか……」

「た、【タイマー】って、時間を操る天職!?」

一瞬で理解してしまったルビン。

そりゃあ、女神のミスとはいえ、まったく意味のない天職なんてないはずだ。

つまり、【テイマー】は調教師であるが、【タイマー】とは、時間師のこと……。

「う、嘘だろ……」

時間を操る天職なんて聞いたこともない。ないけど――ルビンは時間を操る能力を手に入れたらしい。

とはいえ、まだまだこの能力がどれほどのものかはわからない。だけど、間違いなく有用だ。

そして、おそらく……。

ギ…………。

ギィエ……。

「あ、まずい！」

タイムの効果がどれほどかはまだ分からないが、今にもドラゴンは動き出しそうだった。もう一度動き出した時に「タイム」をかければいいのだろうが、効果はまだまだ不明確だ。

それよりも今何とかした方が手っ取り早いだろう。

そう、――ドラゴンを倒すのだ！　あの、お荷物のルビンが!!

「舐めるなよ……。俺だって、伊達《だて》に【テイマー】を目指していたわけじゃないんだよ」

そう言うと、ルビンは荷物の中からミスリルの短剣を取り出す。

腐ってもSランクパーティらしく、ルビンの護身武器もそこそこに優秀なものばかりだ。

そして、足を引き摺《ず》りながらドラゴンの懐に潜り込むルビン。

だが、ドラゴンは今にも動き出しそうだ。

「……ドラゴンは最強さ。だけど、1カ所だけ弱点がある」

そう言って、ドラゴンの腹を探るルビン。そして……、

（見つけた……！）

緑の鱗の中に1カ所だけ、赤く輝く鱗があった。それこそがドラゴンの弱点と言われる「逆《げき》鱗《りん》」だ。

これを突かれればドラゴンといえど――!!

「ふんッ!!」

ザクッ!! と確かな手ごたえを感じ、短剣がズブズブとドラゴンの逆鱗に沈み込んでいった。

その瞬間――……。


カチッ。

そして、時は動き出す――。


「ギィィイイエエエエエエ!!……――エエン!?」

ガチィンッ！ と口を閉ざすドラゴン。そこにルビンがいるであろうと思い、食らいついた。

だが、そこにルビンはいない。代わりに彼の奥底からあふれ出すのは激痛と、致命的な一撃を食らったことによる内臓破裂だった。

「ゴガッ!?」

あのドラゴンの喉を伝って大量の血が――!!

――ギガァァァァァァアアアアアアアアアアアアアアア!?

ブシュウ!! と噴水のように血を吹き出し、ドラゴンが大きく跳ね、ドスゥゥゥン……と埃を立てた。

そして、……………………それっきり動かなくなった。

第6話「【タイマー】は、ドラゴンを倒した」

ズゥン…………。

地響きを立てて伏したドラゴンの遺体。ルビンはその腹から這い出すと、鱗の上に腰かけ息をつく。

「ふぅ……。文献通り一撃だなんて、驚いたな」

不意にチリィン♪　となるキウィの首輪。

「ああ。やったよ、キウィ……」

グイっと汗を拭《ぬぐ》いつつ、慈《いつく》しむように首輪を眺めたルビン。

その中にあるのは、ドラゴンを倒した爽快感でもなく、勝利への渇望《かつぼう》でもなかった。

あったのは、後悔。ただ、ただ後悔……。

「もう少し……。もう少し早くこの能力に気づいていればッ……！」

キウィは死ななかった。そして、仲間を失うこともなかった。

だけど、
もしかして、この能力に目覚めた今なら、パーティの皆もルビンを――……！

「エリッ――……」

駆け出そうとしたルビンの脳裏に言葉が蘇る。

次々と……。

次々と――。

──「せめてもの情けだ。家には見舞金を送っておいてやるよ」

──「せいぜい時間を稼げや！　骨くらい拾ってやるぜ」

──「ゴメンね。ルビン」

──「いえ、賢明な判断です──……確実な方法は一つだけ……」

次々と、何度も繰り返しフラッシュバックする仲間たちの声。

「う……………」

込み上げてきた吐き気。

──「恨むなよ……。【サモナー】として使い物にならなくなった時点で、お前を捨ててもよかったんだ」

「う、うげぇ!!」

それに逆らわずに思いっきり吐き出す……。

「はぁ……はぁ……」

くそ………!!

「……エリック！」

皆の言葉が、エリックの言葉がルビンを蝕《むしば》む。

そして、
チリィン……♪

「キウィ………」

腕の中で死んでいったキウィを思い出す。

最後まで優しく、ルビンを助けてくれたあの愛らしい召喚獣を……。

「うぐ……くぅッ」

涙ぐむルビン。

――きゅうん……。

不意に彼に頬を舐められたような気がした。もちろん、キウィはもういない。だけど、

「そう、だよな……」

もう、袂《たもと》は分かったのだ――。

「今さら、元の鞘《さや》には収まらないよな……」

キウィが殺された瞬間が何度もフラッシュバックし、
そして、何度も何度も仲間たちの冷たい視線が脳裏に蘇る。

「……わかったよ、キウィ。俺は――俺はもう振り返らない。だから、今度は自由に生きてみるよ！」

かつて、誰ともパーティを組んでいなかった頃。

【サモナー】としてキウィを呼び出し、二人で新人冒険者をやっていた頃。

あの日々をもう一度……。

一人の戦士として。

ただの冒険者として。

ルビンとキウィだけの……。

「――だけど、ケジメはつけよう。なぁ、そうだろ？」

（エリック……アルガス、サティラ、メイベル）

一度瞑目《めいもく》し、ルビンはゆっくりと目を開けた。

「だから、俺は帰るよ——……」

※　※

ダンジョンを脱出することを決心したルビンだが、問題は山積みだった。

「2階層はドラゴンだけみたいだから危険はなさそうだけど、1階層はなー」

エリックたちですら苦労した1階層。そんな危険な魔物がウジャウジャいる中を【タイマー】のスキル『タイム』一つで切り抜けられるだろうか？

ろくに能力の検証もしていない以上、危険極まりない。

それに、

「いつつ……！　あ、アルガスの野郎」

腱を切られた状態では歩くのも覚束《おぼつか》ない。

街に帰れば上級の回復魔法で傷を癒すことも可能だが、ここでできる処置といえば荷物の中にあるポーションや薬草くらい。

それも、高価な回復アイテム等の類《たぐい》はエリックたちが個人で管理していたので、ルビンが持つ荷物の中にはないのだ。

（あぁ、そうか……）

思えば、本当に荷物持ちとして最低限の扱いをされていたものだ。

サモナーであった頃も、
サモナーでなくなってからも、

たとえどんな時でも、ルビンは様々な場面でパーティに貢献していたというのに……。

パーティ内で唯一、貴族出身ということで高等教育を受けていたルビン。その知識があったおかげで、作戦の立案や、下調べ、そして、分析など地味な場面で随分尽力していたつもりである。

何の予備知識もないまま、ダンジョンに挑むことの危険性は今回の『地獄の尖塔《ヘルズタワー》』に挑んでよくわかった。いや、わかっていたはずだ。

もちろん、このダンジョンの下調べもルビンはしていた。

だけど、サモナーですらなくなったルビンの言葉をまともに聞く者はいなかった。所詮は実力社会なのだ。だから、最近は特にひどかった。もうこの頃になると、話をまともに聞いてくれるものは誰もいなかったのだ。

だが、それがゆえに失敗したとも言える……。

「まぁいいか。もう終わったことだ。とりあえず、応急処置として――あ、そういえば‼」

ポーションや薬草を使おうとしていたルビンだが、ふと思いついて、ミスリルの短剣を取り出すと、ドラゴンの腹を裂き、中から心臓を取り出した。

「これだ。……ドラゴンの血は万病に効き、生き血は傷をたちどころに治すって聞いたことがあるな」

もっとも、ドラゴン自体が希少な魔物であるうえ、狩りそのものに成功した事例は極めて稀である。

そのため、話の信憑性《しんぴょうせい》はかなり怪しいのだが……。

(ええい！　物は試しだッ)

まだ温かいその心臓に口をつけると、一気に煽《あお》るルビン。

「ごくごく……。ぷぅ、意外と飲める――？　っていうか、かなりうまいぞ」

一瞬、躊躇したものの思い切って飲めばくせのない味。少し口当たりが悪いが、存外するりと飲めてしまった。

心臓から溢れる血はまるで生命の源のようであり…………ドクンッ!!

「ぐ…………!?」

な、なんだ？

「か、からだが――!!」

飲み干した直後、身体が燃えるように熱くなり、全身に力が漲《みなぎ》っていくのがわかる。

次の瞬間！

ブシュッッ！　と足の傷から血が噴き出したかと思うと、一瞬で傷口を塞ぎ、なお力が溢れてくる。

「――かッ」

悲鳴をあげる暇すらなかった。

そして、筋肉が盛り上がり骨格が強化されていく気配を感じるルビン。その際にも、物凄い激痛が身体を走り、思わず倒れてしまった。――この激痛といったら!!

「――ぐぁぁぁあああああああああああああああああ!!」

あまりの激痛に転げ回るルビン。

それだけで、床に罅《ひび》が奔《はし》りクレーターができるほど。倒れただけで。凄まじい力だ。

もはや、全身に人間離れした力が宿っているのが分かる。

だけど――「……がぁぁああああああああ!!」この激痛ッッ!

「あ……が…………」

ついには、凄まじい激痛のため、ルビンは意識を失ってしまった。

それからどのくらいたったのだろうか……。

チリィン♪と、軽やかな鈴の音に意識を取り戻したルビン。

目の前にはドラゴンの骸《むくろ》が変わらずあり、いまだダンジョンの中だと分かる。

「ぐ…………。生き、てる」

そっと、顔を押さえようとしてギョッとした。

「なんだこれ?」

手が……一回り大きくなっている。

おまけに、この腕ッ!!

筋肉がパンパンッに膨れ上がり、肌着を破って盛り上がっていた。

「うぉ!?」

それは全身に及ぶらしく、まるで重戦士アルガスのごとく筋肉の鎧に覆われたルビン。だが、それは引き締まった筋肉であり、アルガスの伊達筋肉とは異なり、よりシャープな身体となっていた。

いや、身体の変化はそれだけではない。

なんだか、やたらと頭が重いと思えば、髪の毛が滅茶苦茶伸びていた。

「し、白髪？」

黒い髪をしていたはずのルビンだが、ほんの少し？　気を失っている間に髪は伸び放題。そして、髪は色素を失ったかのように綺麗な白髪へと変化していた。

「な、何が起こったんだ？」

ヨロヨロと体勢を崩したルビン。

思わず、ドラゴンの身体にもたれかかったのだが、べりぃ!!　と、いともたやすく、その竜鱗を剝ぎ取り、あまつさえ砕いてしまった。

「な!?　ど、ドラゴンの硬皮が!?」

手の中でバラバラになっていく鱗。

並の鉄では傷一つ付かない竜鱗が、まるで紙屑のようにボロボロに。しかも、ルビンはほとんど力を入れていない。

これはまさか……。

「――まさか、ドラゴンの力が……？」

モンスターを扱った文献に、まことしやかに書かれていたこと。

それは、ドラゴンを単身で仕留めた勇者には、その力が宿るというのだが……。

「こ、これが…………その力」

砕けた竜鱗を見て、ルビンは自覚した。どうやら、ドラゴンの力を得て復活したらしいと——。

「あぁ、これなら脱出できる」

ルビンを見捨て、あまつさえ囮にしたパーティを優に超える力を手に入れたルビン。

生存しただけでなく、ドラゴンを倒し、その能力を吸収して蘇った。

ならば、

「……なら、もう俺は足手まといじゃないぞ——エリック」

ふと、連中にやられた仕打ちを思い出し、暗い感情が湧き起こる。

(あいつらを…………!!)

だが、

「いや……。もう、やめよう——やり直すって決めたんだ」

だけどな——。

エリック
アルガス
サティラ
メイベル
「復讐なんてしやしないさ……。でも、——ケジメはつけさせてもらうッ。そして……」

チリィン♪

「――キウィに謝ってもらうぞ……!!」

必ずなッ!!

でも、あいつらのことだ。何を言っても、どうせ反省も謝罪もしないだろうさ。

(それでも――!!)

そう、それでも!

ふるふると、首を振るルビン。

「ふふ……。ギルドに、なんて報告していることやら、少しだけ楽しみだな」

殺されかけた。そして、キウィを奪われた。

ならば、事の顚末はきっちりとギルドに伝える義務がある。

そのあとで、パーティを正式に抜け、今度こそ一人でやり直す。

「ふふふ。勇敢に死んだはずのメンバーが、ドラゴンの素材を抱えて戻ってきたら、アイツらどんな顔をするのかな?」

ふふ。本当にそれだけは少し楽しみだ。

チリィ~ン♪

キウィの首輪を腕に巻いたルビンは、ドラゴンの素材を剝ぎ取りにかかるのだった。

第7話「『鉄の拳』は、辛くも脱出する」

一方、ルビンを見捨てたエリックたちは、肩で息をしながら、あの恐ろしいドラゴンからの遁走《とんそう》に成功していた。

「ど、ドラゴンは!?」

「来てねぇ！　上手くいったぜッ」

脇目もふらず撤退を開始したエリックたち。何度も何度も後方の様子が気になったが、振り返っている暇も惜しい。

「ちょ、ちょっと待ってよ……！　い、息が……！」

「はぁ、はぁ、はぁ……！」

徐々に遅れ出す後衛の女子二人。

「チッ！　休んでる暇はねぇぞ！」

居丈高《いたけだか》に声を荒げるアルガスだったが、

「な、何よ、その言い方！　誰のせいで……！」

「そうですよ。アナタたちにバフをかけるだけでこちらは精一杯なんですから！」

サティラもメイベルも、アルガスの言い方にはさすがにカチンときた。

前衛を張る二人のために、定期的に補助魔法をかけ続けなければならないため、後衛の二人の体力も魔力も常に減り続けているのだ。

「なんだと～！　いつもは、そんなにへばってねぇだろうが!?」

「アルガスッ。よそ見をするな!!」

――ゴルァァアアアアア!!

唸り声をあげて突っ込んできたケルベロス。

その一撃を危うく躱《かわ》し、なんとかカウンターを叩き込むエリック。

「うぐっ！　け、ケルベロスが出るなんて聞いてないぞ！　何を調べてやがった、ルビ――」

ルビンを罵《ののし》ろうとして、アルガスは不意に口を噤《つぐ》む。

「ルビンはもういない！　俺たちだけでやるんだ！」

「わ、わかってるっつ～の！　……おい、補助が切れたぞ」

急に足が鈍くなったのを感じてアルガスが背後の二人に怒鳴り散らす。

「はぁはぁはぁ……。だから、常時かけっぱなしじゃ私たちももたないよ」

「少し、休みましょう――げほ」

魔力の使いすぎなのだろう。後衛の女子二人は真っ青だ。

「マジックポーションは…………。く、ルビンのところか。あの野郎！」

「おいおい、手持ちがあるだろう?」

エリックとアルガスは前後に分かれて女子二人を収容する。

「て、手持ちなんて、とっくに使い切りましたよ！　ゲホ、ゲホ！」

「持っていたら分けてください……もう、限界です」

地面にへたり込んで荒い息をつく二人に、

「くそ！　なんてざまだよ。ルビンの野郎、最後の最後まで手を焼かせやがって！」

ポーション等の物資をルビンに預けたままなので、あっという間に困窮したパーティ。手元には高級ポーションがいくつかあるが、使い切ればそれっきりだ。

「アルガス、物資の再分配だ。お前にマジックポーションはいらないだろう？」

「あんだとッ!?……ち、ほらよッ」

乱暴にポーションを投げ渡すアルガスを、非難がましい目で見るサティラたち。

「何だ、その目はよぉ！　俺の金で買ったポーションだぞ！　文句あるなら飲むな、すぐにヘバりやがるモヤシッ娘《こ》どもが」

「な、何て言い草ですか！」

「そうよそうよ！」

これにはさすがに女子二人も黙ってはいない。

しかし、アルガスとて引き下がるはずもない。

「ふざけんな！　いつもならそんなにポーションをガブ飲みしてねぇだろうが！」

「あ、アナタに掛けるバフにどれだけ負荷がかかっていると思うのですか？」

「そうよ！　メイベルの回復と、アタシの『身体強化』の魔法がなければアンタなんてただのドン亀なのよ！」

「んだと、ごらぁ!!」

仲間内で喧嘩に発展しそうになり、慌ててエリックが仲裁する。

「落ち着け、言いたいことは分かるが、今は脱出だ。それもこれも、全てルビンが悪いってことは、皆わかってるだろう？」

ルビンを引き合いにすればサティラたちも黙るだろうと思っていたが、ところが……。

「ルビン？　アンタ何言ってんのよ！　ルビンがいないからこうなってるんだよ？」

「ルビンさんは関係ありませんよ。いえ、むしろ囮になんてするからこんなことに……」

とたんに暗い影を落とすサティラたち。

「はぁ!?　あの役立たずがいたから何だってんだよ！」

アルガスの剣幕にも女子二人は怯《ひる》まない。

「アナタはわかっていませんね……。戦闘全般を見通すのはエリックの役目でしたが、パーティの体調やダンジョンの地形、その他モンスターの傾向を調べていたのは誰ですか？」

「そうよ！　高等教育を受けて、暗算も魔法の持続時間の計算ができるのも、ルビンだけだったじゃない！　忘れたの!?」

「ぐ……！」

概して冒険者というのは教育レベルが低い。とくに、流れ者や平民出身者が多いため、多くは最低限の文字が読めるレベルというものだ。場合によっては文字すら読めない者もいるのだ。

サティラやメイベルですら魔法教育を受けてはいたが、専門に特化していたため、基礎教育は疎《おろそ》かになっていた。

「ほ、ほんとうかよ？　エリック」

「う……む……」

エリックは認めたくなかった。

サモナーでなくなったお荷物野郎など、自分の足元にも及ばないと……。

元貴族だか何だか知らないが、お高くとまりやがってと、腹の底では嫌っていた。

それは平民出身という自分の出自ゆえの嫉妬ではあったが、貴族であることや知識などを鼻にかけないルビンの態度もまたそれに拍車をかけた。だから、ルビンが【タイマー】になった今。エリックはここぞとばかりに冷遇した。そして、パーティのメンバーもそれに同調した。

そして、分かっていたのだ……。心の底ではルビンの価値というものを。

知識と経験と冷静な眼力というものがどれほど大事かということを――。

だから、
だから見返してやろうと！

俺の方が凄いと思い知らせてやろうと!!

だから!!

【タイマー】にしてやったのだ!!

――なのに!!

くそ！

「ルビぃぃぃぃぃいいいいン!!」

バァン!!　と、地面を剣で叩きつけるエリックの剣幕に茫然とするパーティ。

冷静で物静かなエリックの激高はメンバーを動揺させるには十分だった。

「ど、どうしたんだよ!?」

「黙れッ！　はっきり言うぞ。脱出が遅れているのは、アルガス。お前の鈍足が原因だ」

「んな!?」

その言葉に、アルガスは一瞬で頭に血が上る。

「――わからないのか？　お前の足が遅いから、サティラの『身体強化』が欠かせないし、その分負傷も増え、メイベルの回復が必要になる」

うんうん、と頷くのは女子二人。

実際、アルガスへのバフは最大の重荷となっていた。

「俺のせいだってのか!?」

「そうだ。だが、挽回はできる」

エリックはそれだけを言うと無駄な荷物を捨て、後衛に立った。

「お前らも荷物を捨てろ。最低限の持ち物だけで脱出する。先頭はアルガス――お前の足に合わせる、言ってる意味わかるな？」

「ぐ………」

パーティの進行速度はアルガスに委ねられた。つまり、速度の言い訳はもうできない。

そして、不満をぶつけられる相手《ルビン》も、ここにはもういない……。

パーティの参謀役を欠いた状態で、困窮したSランクパーティ『鉄の拳』。

彼等は絶望的な状況から、ボロボロになりながらも、荷物を全て失って辛くも『地獄の尖塔』から脱出を果たした……。

第8話「【タイマー】は、余裕で脱出する」

「タイム！」

ルビンは正面から突っ込んできたケルベロスに「タイム」をかけた。

すると、獰猛《どうもう》な顔つきでルビンを食い破ろうとしていたケルベロスが中空でピタリと止まり、そのまま地面に落下しズゴゴゴ！　と顔面で床を開拓しながらルビンの目の前で止まった。

その姿勢は、ルビンに飛び掛かったままの状態だ。

「なるほど……。手をかざした対象に対して、時間を止めることができるのか。でも、それは生物にだけっぽいな？　そして、当然ながら空間には作用はしない——だから、落下する」

——ふむふむ。

まだ検証中だが、「タイム」はとんでもない代物だった。

どうやら、【タイマー】のスキル「タイム」は、どんな魔物だろうと、タイムをかけさえすれば時間を止めることができるスキルらしい。

効果範囲もまだ検証中だ。それでも十分に強力だった。

「さて、いつ動き出すか分からないからな。その辺の検証はもう少し、安全な所に行ってから試そう」

シュラン——と、腰に佩《は》いた曲刀を引き抜くと、スンッ……！　と脳天を一突き。

確かな手応えとともに、ドロリと脳漿《のうしょう》があふれ出したのを確認すると、

「タイム中でも、外から作用を与えるとその部分は時間が動くのか？　だから、脳が零れ落ち

ると――」

そして、血も滴る。

（まだ、わからないな……）

ヒュパッ！　と血振りし、納刀すると、もはや見向きもせずに歩み去る。

素材としても一級品のケルベロスだが、今のルビンの荷物はそれを拾う余裕もない。

それに素材はドラゴンのものだけで十分だ。

しばらく歩き出すと、背後でケルベロスの絶命の声が聞こえた。

「うん。大体5分くらいかかな？　個体差があるみたいだから一概には言えないけど――」

タイムをかけてから解けるまでの時間を計っていたルビンは満足げに頷く。

「それにしてもいいなこれ……」

腰に佩いた曲刀に触れ、笑みを浮かべたルビン。

チリン♪　と鈴も鳴るところを見るに、キウィも気に入っているらしい。

この刀を手に入れたのは2階層。ドラゴンの素材を剝ぎ取っていた時だ。

これは、いわゆるドロップアイテムというやつで、ドラゴンを倒した時に湧いてきた。

彼の巨体を解体している時に、たまたまドロップした宝箱が下敷きになっているのを発見したのだ。調べてみると、それは薄く青く発光した金の宝箱で、レアボックスと呼ばれるものだった。Sランクパーティにいたルビンも数回しか発見したことがない貴重なもの。

「でっけぇ……」というのが、発見した時の感想だ。

というのも、このレアボックス。人ひとり優に入れるほどの大きさがあり、中には大量の宝物が入っていたのだ。

その中の一振りがこれ。

ご丁寧に説明書付き――『竜殺しの刀《ドラゴンスレイソード》』。

なんでも、竜鱗を貫き、ドラゴンを屠《ほふ》る剣だとか……。

そして、ほかにもローブだとか、小盾だとか、杖とか、魔導書とか、まー色々。

とにかく使えそうなものはそのまま装備させてもらった。

『不可視の衣《ステルスローブ》』
↓ 日に数回、不可視の効力を得る。アクティブ効果。
『竜鱗の小盾《ドラゴンバックラー》』
↓ 竜鱗で作られた小盾。炎を弾く。
『必中ボウガン《ホークアイ》』
↓ 中近距離なら必ず命中するボウガン。ただし、狙った獲物に限定（ホーミング効果なし）。

その他にも、装備しなかったもので有用そうなものもある。例えば、

『竜の怨嗟の杖』『竜尾の鞭』『ドラゴンの心得』『鑑定の指輪』『竜血結晶』『竜舌香』『竜眼石』

金銀財宝等々。

それらを当然回収するとして、さらには竜の素材をも剥ぎ取ることにしたルビン。

当然ながら竜の素材は貴重品だ。

売ってよし、鍛えてよし、仕立ててよし！

パーティに押し付けられた背嚢《リュック》だけでは当然納まりきるはずもなく、どうしようかと思案していたのだが、ルビンは宝箱ごと持っていくことに決めた。

レアボックス自体が美しく、そして頑丈であるため引き摺《ず》っていくのも問題なさそうだ。

しかし、それだとあまりにも格好がつかないので、ルビンは竜の素材を使って宝箱を橇《そり》に改造した。

「こんなもんかな？」と、軽く汗を拭ったルビンの前には、箱の裏底に竜の爪や牙をスキッドにした貨物用橇《そり》のようなものが完成していた。

見た目は不格好だが引きずることができ、竜の爪や牙も持ち帰れるしで、一石二鳥だ。

箱の余席には素材を詰め込み、溢れた分は積み上げてロープで固定した。

――そして、今に至る。

「ふぅ……」

途中で数体の魔物を狩り、一応ドロップ品と素材を回収したけど、もうさすがに積みきれない。

小山のようになった橇の上にはドラゴンの素材と、その他にもケルベロスやサイクロプス等の素材も積み込まれていた。

いっそ、捨てていこうとも思ったのだが、どうも貧乏性をこじらせているらしい。ルビンとしては可能な限り、どうしても持っていけるものは持っていきたかった。

「ま、運ぶこと自体は大した労苦じゃないしな」

オマケに竜の血を飲んで変質した身体のなんと調子のいいことか。

そして、大量の荷物を橇に積んだままルビンはダンジョンを脱出していく……──。

なんと、ルビンはSランク推奨の最恐ダンジョンを鼻歌交じりに進んでいたのだ。最初は2階層に到達するまであれほど苦労したというのに、今では散歩気分。

あまりにも拍子抜けするほどの難易度なので、この機会にと、いっそ「タイム」の能力を考証していたルビン。

片手には焼いたドラゴンの肉を持ち、道々齧《かじ》りつつ帰路へと就いた。

「さて、これだけの成果を持ち帰ってギルドに報告したらどんな反応が返ってくるかな?」

ギルドの受付や、エリックたちの顔を想像しながら、何と言って納得させたものかと思案しつつダンジョンを脱出したのだった。

※　ドロップ品　※

『竜殺しの刀《ドラゴンスレイソード》』『不可視の衣《ステルスローブ》』『竜鱗の小盾《ドラゴンバックラー》』

『必中ボウガン《ホークアイ》』『竜の怨嗟の杖』『竜尾の鞭』『魔導書《ドラゴンの心得》』

『鑑定の指輪』『竜血結晶』『竜舌香』『竜眼石』

金銀財宝等々

※　素材系　※

（竜：種別不明）竜鱗×多数、竜牙×少数、竜爪×少数、竜角×極少数、竜肉×大量、竜翼の飛膜×少数、竜骨×大量、竜の逆鱗×極少数

（ケルベロス）
毛皮×少数、牙×少数、爪×少数、肉×少数

（サイクロプス）
目玉×極少数、角×極少数、腰蓑×極少数

※　その他　※

大型レアボックス
キウィの首輪
パーティの荷物（共用）

第9話「【タイマー】は、ギルドに顔を出す」

ざわざわ
ざわざわ
帰路の途に就き、街の門をくぐった時。ルビンはえらく注目されてしまった。それどころか、門を通過する際にひと騒動。

そりゃあ、引き締まった体躯《たいく》の白髪の見慣れない男が、竜の素材を山のごとく積んでやってきたのだ。しかも放つ威圧感が半端ではない。この街は近隣にAランクやSランクダンジョンが点在するだけに警備兵の質もかなり高いのだが、彼等ですら緊張を強いられるほどにルビンは変貌していた。

「おいおい……大げさすぎだろう」

城門は閉ざされ、城壁にはズラッと兵士が居並ぶ。弓矢が指向され殺気と戸惑いが感じられた。

「止まれ‼」

貧乏くじを引いたのは、今日の城門係だろう。正体不明の人物がやってきて、それに対応しなければならないのだ。もし、死ぬとすれば彼が一番なのは明白だ。ガタガタと震える門番は、可哀想なくらい怯《おび》えている。

「えっと、……冒険者なんですが」

「だ、だだだ、黙れ！　それ以上近づくな‼」

ガタガタと震える城門係に、何と言って説明したものか……。

いいや。もう面倒くさい。

「通るよ？　はい、冒険者ライセンス」

チャリン、と澄んだ音を立ててドッグタグのようなライセンスを示す。

それはＳ級を表す白金のそれ。

「え、Ｓランク!?………って、あんた、ルビンか？」

驚いた顔の城門係は慌てて開門してくれた。それと同時に城壁の兵士たちも緊張を解く。

「お、驚いたな……。でも確かにルビンだ。えらく見た目は変わっちまったけど……」

どうやら、ルビンの顔を知っているらしい城門係。おかげで話が早くて助かる。

「色々あってね……」

「そうなのか？　ちょっと前に『鉄の拳』の連中がボロボロで帰ってきて、アンタは死んだって言ってたぜ？」

やっぱり……。

「御覧の通り生きてるよ――じゃ、お仕事ご苦労様」

「お、おう」

何と言っていいか分からず硬直している城門係を尻目に、ルビンはまっすぐにギルドに向かう。

街中の注目を集めながら……。

カラン♪

カラ～ン♪

ギルドのスイングドアを押し開けると、軽やかなカウベルが鳴り響く。

それと同時にギルド中の衆目が集まった。

「ありゃ。えらく見られてるな……。まぁ、無理もないけど」

ポリポリと頭を掻きつつ受付に向かうルビン。

それを、ポカーンと口を開けた冒険者たちが互いに顔を見合わせている。

「お、おい。あれって……」

「ルビン、か？　たしか死んだんじゃ……??」

「っていうか、なんだあの格好！　それに見た目もなんか……」

「うぉ！　あれ見ろよ――ど、ドラゴンの鱗だぜ！」

再びの喧噪《けんそう》。

そして、その中に見知った顔を発見した。

併設されている酒場の一角に女子二人。言わずと知れた、サティラとメイベルだ。

二人はポカンと口を開けていたが、驚愕で目を見開いた。

「嘘……。る、ルビン」

「まさか、ルビンさん……なの？」

だがルビンは答えない。いっそ空気のごとく、その二人の前をチラリと視線を寄越すだけで通り過ぎると、そのまま受付のカウンターへと向かった。

ルビンの向かう先、ギルドのカウンター正面には、いつも顔を出す冒険者ギルドの美人受付

嬢のセリーナがいた。そして、彼女も例外なく驚いており、

「ルビン…………さん？」

ついでに、そのカウンターには同じく見知った顔が二人いた。

そう、エリックとアルガスだ。

どういうわけか、二人とも最後に別れた時よりもボロボロの格好で、みすぼらしい。

ルビンを囮にして、慌てて逃げたにしては、どうにもこうにも……。

その二人だが、どうやらギルドとの交渉に忙しいのか隣に立ったルビンにまったく気づいていない。

「ルビンだと？　そんなことよりも、融資を頼む。装備を整えてダンジョンにトライすれば、損失なんてすぐに返せるんだ！」

「そうだぞ！　エリックの言う通り、俺たち『鉄の拳』に投資しろ、あとはメンバーの補充だ！身をもって俺たちを救ってくれた英雄ルビンの代わりのメンバーがいるんだよ!!」

（おいおい……）

誰が英雄やねん。

エリックたちは、ルビンに気づかず、熱心にギルドに借金を申し込んでいるらしい。

どうやら、着の身着のまま、一切合切を捨てて逃亡してきたようだ。

「えっと…………。エリックさん？　ルビンさんは死亡したと言われましたよね？」

ほーう……。

「そうだ。何度も報告しただろう。ドラゴンに遭遇《そうぐう》し、あと一歩まで追い詰めたのだが……ル

ビンのミスでピンチに陥ってしまった。だが、そのミスを償《つぐな》うため、彼は自分の身を捨て俺たちを助けてくれた。……まさに英雄だ──彼の献身があってこそ、我々は助かった。だから、その献身に報いるためにも、あのドラゴンをもう一度……」

ドン!!

「そうだ。そうそう、これだ！　こんな色の鱗をしたドラゴンだ。そして、これと同じような爪と牙をしたドラゴ……」

ルビンは受付嬢に向かって素材をいくつか納品する。

そして、横目にそのドラゴンの素材を見たエリックは、まさにこれだと言って…………その直後、硬直した。

「えっと、ルビンさん。お疲れ……さま?」

「はい、疲れました」

受付嬢の労《ねぎら》い。

そして、彼女の視線を追うようにして、そのまま素材の納品者を確かめるように、エリックとアルガスの視線がルビンを捉えた。

………………ル。

「る、ルビン!?」

「お、お前！　嘘だろッ!?　──な、なんで生きてんだよ！」

「よぉ」

唖然とするエリックたち。

口をパクパクと開けているのを白けた目で見つつ、

「ドラゴンってのはこれか？」

一言言い放ち、剝いだ竜鱗をピンと弾いてぶつける。

「くぁ！　て、めぇ！」

ロクに反応もできずに顔面でキャッチしたアルガスが激高するも、ルビンはそれっきり無視を決め込んだ。エリックだけは何か言いたそうに口を一度開けていたが……すぐに閉じる。

「セリーナさん、納品をお願いします。あぁ、それと――」

「は、はい……」

いま、死んだって言ってたよな？

「俺は死んだことになっているみたいなんですが、その場合のパーティの扱いはどうなりますか？」

「へ？　え、えっと……。死亡者は自動的にパーティが解消されます。も、もちろん生存していたので、その限りではないですが!!」

――ぇ、いいじゃないか。

エリックが何て言って報告していたか知らないけど、どうせ本当のことは話していないだろう。

「――なら、ちょうどいいです。このままパーティを解消したままでお願いします」

あの時斬られた足の傷の痛みは忘れちゃいない……。

そして、キウィのことも……。

「えっと、は、はい……。それは、可能ですが……その……」

セリーナ嬢は可哀想なくらい狼狽《ろうばい》している。

だってそうだろ？

死んだと報告した人間がそこにいて、そして、死んだはずの人間が帰ってきたのだ。

並々ならぬ事情があったと推察できるだろう。

「――その。か、可能なんですが……。一度、ルビンさんからも事情をお伺いしませんと。こちらとしても、書類上の不備になってしまいますので」

申し訳なさそうに言うセリーナ嬢。だが、これは好都合だ。

「わかりました。一部始終をお話しします」

「な！　バカな、報告はリーダーの俺がしただろう⁉」

突然セリーナに食ってかかるエリック。

「い、いえ。そ、そう言われましても……。現にルビンさんはこうして帰ってきたわけで――」

そりゃあそうだ。死んだ人間が帰ってきたのだから、死んだという報告は虚偽ということになる。これ以上にないくらいの証拠なのだから。

「ばかな！　コイツはルビンじゃない！　見ろよ、この見た目を！　別人だ‼」

「そ、そうだ！　ルビンはもっとヒョロヒョロの役立たずで、グズな奴だ。だから、ドラゴンの囮くらいにしか使えな」

「馬鹿！　黙ってろ……!!」

しーーーーーーん。

「…………今、囮と言いましたか？」

スッと、雰囲気の変わったセリーナ嬢。

柔和な表情から一転して冷たい目をして感情の抜け落ちた顔でエリックを見る。

「い、いや。その……」

チラリとエリックの顔を見ると、唇をかみしめて俯《うつむ》いている。

これ以上、誤魔化しがきかないと悟ったのかもしれない。

だが、諦めの悪い奴もいた。

「だから、コイツはルビンじゃねーっつんだよ！　ルビンがドラゴンを倒して帰ってこれるわけがねぇんだ!!」

そう言ってアルガスは立ち上がると、ルビンの胸倉を摑む、

「おう、テメェ！　何いい気になって出しゃばってんだよ！　ルビンのカスがテメェだと？ふざけんなこの騙《かた》り野郎が!!」

そして、流れるように——平然と暴力を、ガンッ!!　と、一発。なかなかの速度で腰の入ったパンチだ。それがルビンの顔面にヒットするも、

「いっづ!!」

ピクリとも動じないルビン。かわりにアルガスが拳を押さえて、大げさにも、ピョンピョン跳ねている。

もちろんルビンは何の痛痒《つうよう》も感じていない。竜の血を飲んで手に入れた身体は並大抵の攻撃すら受け付けないらしい。

「………誰がルビンじゃないって？」

そう言って、冒険者ライセンスをカウンターに置く。

それは白金のライセンスで、ルビンの名前がしっかりと刻まれている。

「そ、そんなもん！　殺した奴から剝ぎ取ればいくらでも！」

「キウィは俺の腕の中で死んだよ」

チリン♪

腕に巻いたキウィの首輪。

「そ、それは……」

エリックもアルガスも動揺して椅子にストンと腰を抜かして座り込む。

「…………………あの召喚獣——亡くなったのですね」

セリーナ嬢はキウィのことを知っていたらしく、痛ましい気持ちに表情を曇らせる。

「はい。…………俺の腕の中で。——アイツは俺なんかにはもったいないくらいの、いい奴でした」

「わかりました………。そのあたりも踏まえて、もう一度お話を伺いましょうか？」

キラリと目を光らせたセリーナ嬢に、エリックもアルガスも二の句が継げなくなっていた。

第10話「【タイマー】は、ギルドに報告する」

「ではこちらに……」

セリーヌ嬢が先頭に立って、仕切りのあるブースに移動した。そこは、普段は融資等に使われる窓口のはず。ついていったルビンが目にしたのは、簡単な応接セットだけが置かれている殺風景な場所だった。

「どうぞ」

そこに誰がお茶を準備するでもなく、セリーナ嬢とルビンが席に着き。

そして、エリックとアルガスが腰かけた。

どことなく居心地悪そうに座るエリックたちは顔を見合わせて小声で相談している。

「(おい、エリック大丈夫なのか？　不味《まず》い状況なんじゃ……)」

「(大丈夫だ、任せろ。そのために手も打ってある——とっくにな)」

「それよりお前は黙っていろ」とエリックが締めくくる。

……小声で話しているつもりなのだろうが、ドラゴンの力を得たルビン。全体的な能力が向上しているため、その会話は筒抜けだった。

(——ふーん。「手も打ってある」ねえ……？)

エリックの企みを聞いていたものの、ルビンは表情に出さない。

すると、

「それではまず、エリックさんの報告をルビンさんにお伝えしましょう。内容に間違いがなければ修正せず、そのままで結構です――……もっとも……」

ジロリとエリックたちを睨むセリーナ。

「――ルビンさんが帰還された以上、間違いがない、などとはとても思えませんが」

ハッキリと言い切ったその迫力にエリックたちが気圧《けお》されている。

「ぐ……」

「では、ルビンさん。順を追ってご説明します、まず――」

そして、話し始めたセリーナの報告は、まぁ…………控えめに言って予想通りだった。

多少の脚色やら恩着せがましいところもあったものの、大筋はこうだ。

※　※

Sランク推奨のダンジョン『地獄の尖塔』にトライすることを提案したルビン。

(うん、既に違う)

パーティは難色を示したが、ルビンの強い希望で攻略することになった。

(全然違う)

そして、ダンジョン攻略直後からルビンの調査ミスが判明し、想定外の魔物に遭遇して苦戦を強いられた。

(違う)

だが、パーティは力を合わせて1階層を攻略し、次に進むことにした。

（力、合わせてたか？）

そこで、更なる強敵に遭遇。調査になかったドラゴンが出現し、パーティは苦境に陥った。

（そもそも、おまえら調査してないじゃん……）

しかし、パーティは善戦し、ドラゴンを駆逐するあと一歩まで迫っていた。

（善戦どころか、戦ってもいない）

この時、パーティ内で唯一戦力にならないルビンが突如怖気づき、急に物資を奪って逃走を開始した。

（よく言うぜ。怖気づいたのはお前らだよ）

そのため、パーティは苦戦し、撤退を余儀なくされた。

（いやいや……。もう、なんていうか、苦戦以前のレベル…………）

そして、
エリックたちは先に逃げたルビンを収容し、罪を許した後で和解した。そのことに感激したルビンは、身を挺《てい》して囮になることを提案。全員で止めたが、ルビンは頑なに決心を揺るがすことはなく、制止を振り切ってドラゴンの目を引き、仲間を救った。

色々問題行動が多発するルビンではあったが、最後は勇敢であった。

だから、この英雄的行為に対し、ギルドを持って報いてあげてほしい——。

真実の仲間ルビンを偲《しの》んで……。

※　※

「………を偲んで。というところです。ほぼ原文ママですね」

ストン！　と、いつの間にか持っていた書類を軽く叩いて端を整えたセリーナ嬢。

そして、全て聞いていたルビンは何と言ったらいいのか頭を悩ましていた。

「あー……うー」

どこから突っ込めばいいのかわからん。

「補足、修正はありますか？　ルビンさん」

「えーっと……」

もう、ありすぎてどこから言えばいいのか分からない……。

「そうですね、まず――」

「おい!!」

ガタンとソファーから勢いよく起き上がるアルガス。そのまま対面にいるルビンの胸倉を掴むと、

「てめぇ、分かってんだろうな？　余計なこと言うと、あとでどうなるか！」

「アルガス!!」

エリックが押しとどめるも、少し遅かったようだ。

「どうなるって？」

「ほう。どうなるんですか？　アルガスさん？」

キョトンとしたルビンに代わり、セリーナ嬢がハッキリとした口調で問い詰める。

「…………どうなるんですか?」

「い、いや……。その……」

自分の失言に気づいたアルガスはそっぽを向いてソファーに深く座り込む。

もう口は開かないと決意したようだ。だが、顔面は真っ赤に染まっており、何かあればすぐに反論するのだろう。

「……ギルド内で恐喝ですか。困りましたね」

「まぁ、俺は慣れたものですけど」

もうとっくにエリックたちとヨリを戻す気のないルビンは、彼等を庇う気など微塵も持ち合わせていなかった。それどころか、今までの鬱憤《うっぷん》が噴出しそうなのを必死でこらえているほどだ。

だが、それをしてしまうことが悪手でもあると知っているので、あくまでもギルドの裁定に任せようと思う。

「……わかりました。こうまで関係が悪化しているとは、ギルド側でも把握しておりませんでした。——なので、これ以上同席での聴取は不可能ですね」

ため息をついたセリーナ嬢は言う。

「以後、個別に聴取しましょう。ではまず、ルビンさん、こちらへ——」

「おい! なんでルビンだけ個室なんだ!?」

また激高して怒鳴りかけるアルガスをエリックが押しとどめていた。

「アルガス、黙ってろ!……セリーナさん、不公平ではないですか? 俺たちの話も聞いて平等に判断すべきでは――」

「はぃ？　平等とは……⁇　先の報告以上に何か話すことでも⁇　――それとも、もしや、虚偽の報告をしたのですか？　それとも、報告漏れですか」

分かっていながらセリーナ嬢はエリックを冷たく見下ろす。

「く……！　そ、そんなことは――」

今エリックたちができることといえば、せいぜい報告漏れということで、言い訳を織り交ぜる程度。だが、それもルビンが死んだという一番の嘘を誤魔化すには至らないだろう。

何よりも、死んでいたルビンがこうして帰ってきたのだ。誤魔化しようがない。

「くそッ!!」――背後で、エリックの叫び声を聞きつつ、ルビンは別室に通された。

第11話「【タイマー】は、全てを話す」

「なるほど…………」

トントンと、聞き取り調書の端を叩いてまとめたセリーナ嬢は、難しい顔をして天井を仰いだ。

「ええ、まぁ。ルビンさんが生還した時から、もしや……と思っておりましたが、ここまで酷いとは――」

「そうですね……。まさか、俺も命を奪われそうになるとは思っていませんでした」

「あ、あぁ、いえ。もちろん、そのこともですが――。これまでのことですよ」

ん？　これまで？

「――【サモナー】からの転職に失敗した話はギルドでも把握しています。それからのルビンさんの待遇についても……」

「あぁ、まぁ……。酷いっちゃぁ、酷いよね」

ぶっちゃけ、針の筵《むしろ》もいいところだった。

ルビンに非があるならともかく、転職の女神のミスでこうなったのだ。それを、まるでルビンが悪いかの如く……。たしかに召喚術が使えない元【サモナー】に価値はないかもしれないけど、それならばそれなりにやりようがあったと思う。

「えぇ、『鉄の拳』は目立ちますからね。パーティの雰囲気がおかしいことはギルドも把握しておりました。その上で近々提案する予定だったのですよ」

「え？　提案……ですか？　何を――？」

　スっと、一枚の書類を差し出すセリーナ嬢。

　それに目を通したルビンは、

「えっと……『正職員採用推薦状』？」

「はい。Sランクパーティの経験を持ち、高等学問を履修済みのルビンさんのことです。不躾《ぶしつけ》ではありますが——……ギルドならば、ルビンさんを好待遇で迎え入れることができます」

　え、嘘？

「ほ、ほんとですか？　俺なんて、ただの役立たずの荷物持ちなのに……」

「は？　や、役立たずって——それはここ最近の話でしょう？　しかも、それってパーティ内だけの評価を言ってますよね？　実は『鉄の拳』でのルビンさんの扱いを見て、度々話題に上っていたのです。……宝の持ち腐れもいいところだと」

　宝の持ち腐れ……。

「それは、俺みたいな役立たずがSランクにいるのはふさわしくないと？」

　少し、悲しさと悔しさを滲《にじ》ませた声が出てしまったルビン。ギルドにまで否定されたようで胸が痛む。

　だが、

「いえ。いえいえ、逆ですよ！　『鉄の拳』にいるルビンさんが才能を活かしきれていないのは、もったいないと言っているのです」

「は？」

　一瞬何を言われているのか分からないルビンは、間抜けな顔で聞き返してしまった。

だって、そうだろ？

【タイマー】の有用性に気づいたのは最近のことだ。それまでのルビンなんて、ただの役立たずの荷物持ち……。Sランクパーティの足手まといでしかなかった。

「はぁ……。本当に分かっていないんですね……。いいですか？　ギルドが『鉄の拳』を信頼しているのも、ひとえに貴方がいるからなのですよ？」

「えっと……？」

この人は何を言っているのだろう。そ、そんなはずが……。

「『鉄の拳』のギルドへの申告の正確さ。そして、高い依頼達成率。何よりも生存率の高さと、安定した戦闘力。それらがあっての、Sランクという評価です」

「それは、エリックたちが強いからで……」

そう。エリックたちの戦闘力は本物だ。

ドラゴンの力を得た今でこそ、単純な膂力《りょりょく》は上かもしれないが、総合的な戦闘力は単純な力で推し量れるものではない。

エリックたちは強い……。

「えぇ、たしかにエリックさんたちは強いですね。それは認めましょう。ですが、それだけでSランクになれるほどギルドの裁定は甘くありません。——見てください」

セリーナ嬢が室内に掲げられたボードを指し示す。

あれは確か……。

「各パーティの依頼達成状況です。あれが以前までの『鉄の拳』の状況で、こちらが最近の状況です。一目でわかるでしょう」

先月くらいまでの依頼達成率を見ると、グラフが飛び出ているパーティがある。言わずと知れた『鉄の拳』だ。しかし、ここ最近の業績に注目してみると……。

「ず、随分と業績が落ちてますね……」

依頼達成率が著しく悪い。

そういえば、ルビンがお荷物扱いされ出してからは、パーティ内ではルビンの話など誰も聞いてくれなかった。そして、それを幸いとばかりにエリックたちが勝手にギルドでの依頼を決め始めたのだ。

それまではルビンがしっかりと精査していた依頼を――だ。

傍《はた》から見ていても、明らかに準備不足や、パーティの相性にそぐわない依頼を次々と取るエリックたち。

何度かそれを注意しようとしたのだが、「役立たず」だの何だのと言われ、まともに取り合ってくれない始末。……おかげで、この業績ということらしい。

そして、当然ながら、そんな状況で依頼《クエスト》の下調べなど追いつくはずもなく……。結果――最近の『鉄の拳』は依頼を連続して失敗するという事態に。

だからこそ、それを一気に挽回するために前人未踏の『地獄の尖塔』にトライした――そういう経緯があったのだ。

「……そうです。業績悪化の原因は、『鉄の拳』がアナタという参謀格の意見を無視し出してから起こっています。こちらも商売ですからね、申し訳ありませんが業績を管理しておりました」

「そ、そうなんですか……。でも、別に俺だけじゃなくて、他にももっと優秀な人はたくさんいますよね？　なんで、俺をギルドの職員に？」

本当にわからず真正面から問うルビンに、セリーナ嬢は大きくため息をついた。

「あのですね……ルビンさん？　こう言っちゃ何ですけど――アナタ、自分の評価が低すぎますよ？」

「え？」

本当にわかってないんですか、とセリーナは頭を抱えながら言う。

「まず、高等学問を履修済みの冒険者がどのくらいいるかご存じで？…………はっきり言って、冒険者全体を見ても、20人もいませんよ？　知識人なら、普通は冒険者などしなくとも、いくらでも食い扶持《ぶち》はありますからね」

ま、まぁ、それはそうかもしれないけど……。

「その上でッ！」

ビクっ！

「――Sランクパーティにまで上り詰め、そして、足手まといと言われつつも、脱落することなく荷物を運び、魔物の跋扈《ばっこ》するダンジョンから何度も生還する人がそうそういますか？」

「あ……っと、どうだろう？　でも、ほら……賢者とか、高位神官とか。あーいう人たちも賢いのでは？」

そう。例えばサティラやメイベルたちのことだ。

「それは専門学ですよ？　基礎教養とは、また別物です。高位神官の方が四則計算ができますか？　それに賢者の方が商売に詳しいですか？」

「んっと……それは——でも、基礎教養くらいが何の役に？」

「基礎教養くらいって……あの業績を見て、それを言えますか？」

先月までの業績を示したセリーナ嬢が呆れている。

（う、む……）

「私が説明するのもなんですけど。基礎教養というのは、ルビンさんが考えているほど単純なものじゃありません。教養というものは、物事の考え方を筋道立てて考えるのに役立つものです。……つまり、ルビンさんが当たり前のように考えて、当たり前のように分析していることも、並の冒険者からすれば、高度の知識体系に沿った一つの技術なんですよ？　誰にでもできることではありません」

ましてや、

「Sランクパーティにまで上り詰めたアナタの冒険者としての経験は、万金を詰んでも手に入れられるものではないのですよ？」

「そ、そうなのか……？」

「そうですよ！　ポストさえあれば、即ギルドマスターを任せてもいいという声もあるくらいです」

「い、いやー。それは言いすぎじゃ……」

いくら何でも、そんなに自分が優れているとは思えない。

「はー……。あのですねぇ。全国に散らばるギルドのマスターは、平均してB～Aランクの引退冒険者がなるものです。なかにはSランクもいるにはいますが、大抵のSランクの冒険者は、死ぬまで冒険者でいたがることがほとんどですからね。実際の成り手やギルドマスターの実例は少ないんですよ」

「そういえば、ここのギルドマスターも」

「えぇ、元Bランクです」

マジかよ……。

「ですから。もし、ルビンさんさえよければ、即ギルドの職員に採用させていただきます。正職員としてだけではなく、新人や中堅への再教育を担う教官としての役割を持った、即戦力の特別待遇として」

「そ、そこまで買っていただけるなんて……光栄です」

「むしろ、そこまでしてでも欲しい人材だと、ご理解ください——もちろん、ルビンさんのご意思次第ですが……」

役立たずからの囮。

そして、ドラゴンの力を吸収しての命からがらの生還。

その次は……？　まさか、ギルドの正職員だって？　——しかも特別待遇。

ちょっと、短期間に色々起こりすぎて理解が追い付かない。

「ちょ、ちょっと考えさせてください」

「はい、もちろんです——あとは……」

ん？　あとは？

「……エリックさんたちをどうされますか？」

「どうって……」

——どうしようかな。

第12話「【タイマー】は、勧誘される」

うーん。

エリックたちの処遇について頭を悩ませるルビン。

本音ベースで言えば、少しは痛い目をみてほしいところ。

「うーん……」

「――先ほどお聞き取りした情報を精査した上でなければ、ハッキリとしたことはお答えできませんが、その～、ルビンさんの話を聞いた限りでは……」

セリーナ嬢は、ルビンからの聞き取り調書をパラパラとめくりながら、額を押さえて悩ましげな顔をした。

「……これは、そのままの解釈でいえば――殺人未遂です」

ですよねー。

「しかし、冒険者同士のいざこざは今に始まった話ではないので……。とくにダンジョン内など法の目が届かないところでは我々が介入できる範囲にも限界があります。現に、何が起こってもおかしくはありません。なので――」

「なので？」

「ルビンさんには、申し訳ありませんが、パーティ内でのトラブルということで治めていただければ……。ギルドとしては、エリックさんたちをお咎めなしにすることもできます。むしろ、ギルド側としてはそうしたいところが本音です」

「いえ、さすがにそれは…………」

チリン……♪

軽やかに音を立てるキウィの鈴。どうやら。キウィが許さないと告げているようだ。

(……もちろん。わかってるさ、キウィ――)

そっと鈴を撫でるルビン。

「ですよねー……。しかし、そうなると。これは、一度ギルド上層部と話し合う必要がありますね……。正直私一人の手には余ります」

眉間にしわを寄せ、深く深くため息をつくセリーナ嬢。

「なんかすみません……」

「いえ！　もちろんルビンさんが悪いわけじゃないですよ。ですが……」

再びため息をつく。

「その……。『鉄の拳』が内部分裂をしたとなれば、もう一度、彼等がSランクに相当する実力があるかランクの査定をやり直す必要があります。ですが――」

「……ですが？」

「…………はい。こう言ってはなんですが、エリックさんたちだけではSランクの査定試験をパスできないでしょう。……もし、そうなった場合、当ギルドはSランクパーティを欠くことになります」

「え？　別に俺が抜けたくらいで、そんなにランクが変わりますか!?」

「先ほども言いましたが、『鉄の拳』はアナタあってのSランクなんですよ？　現在の業績を見るに、正直あの4人だけなら――Bランクも怪しいところですね……」

いやいや、さすがにそれは言い過ぎだろう。

別にエリックたちを庇《かば》う気なんて毛頭ないけど、自分の評価が過大な気がする。

「なら、俺の代わりに誰かを斡旋《あっせん》すればいいんじゃ……？」

「ですから～!!　アナタほどのスペックの人間がそうそういてたまりますか!!」

たまらず声を荒げるセリーナの剣幕に、ルビンは仰《の》け反る。

「す、すみません……」

「い、いえ。私こそ大声出してスミマセン。でも、はぁ～………ついに我がギルドもSランクを欠いてしまいますね」

今日何度目かになるため息を聞いていて、さすがにルビンも気が重くなってきた。

「そ、その、Sランクじゃないとダメなんですか？」

「もちろんですよ！　ご存じないかもしれませんが、本来『Sランク』という等級はありません。あれは、名誉階級に近いものがあります。普通ならAランクが最上ですからね。そして、そのあり得ないはずのSランクパーティが活動するギルドや国というのは、いわば人間兵器を所持しているようなものなのです。それは、比較する戦力を持たない勢力からすれば大きなアドバンテージです。魔物に対しても、近隣の不法な武装集団に対しても抑止力となりますから」

「は、はぁ……？」

そ、そんなにか!?

だが、セリーナ嬢の言い分を察するに、Sランクとは、ようするに体《てい》のいい傭兵《ようへい》扱いということか。

「わかりますか？　Sランクパーティは、いるだけで国防費が浮くということで……どこの国のギルドも、Sランクを欲しています」

へ？　国まで⁇　そーいう話しちゃっていいの？……こ、この人、ぶっちゃけすぎじゃね⁉

「ですからルビンさん？」

にっこり
「――『鉄の拳』にかわり、ギルドの斡旋するパーティと組みませんか？　それならばすぐにでも等級審査試験を……」

「いやいや、ちょっとパーティで活動するのはしばらく勘弁してください！　それに知らないメンバーというのはやはり……」

「……ですよねー」

がっくりと項垂《うなだ》れるセリーナ嬢。

実力を買ってくれるのは素直に嬉しいが、エリックたちにあれほどの仕打ちを受けたうえで、また知らないメンバーとパーティを組むなんてちょっと考えられない。少なくとも、今は一人になりたかった。

「なら、せめてギルド職員の方をご検討ください！　えぇ、今すぐにでも‼」

「いや……。その――」

ダメだ。この人、ギルド職員とか言いつつ、ルビンをリーダーに据えたギルド専属パーティを作る気だぞ、これは……。

「とにかく、少し考えさせてください」

「はい、もちろんです！　では、明日にでも！」

いや、だから早いって!!

第13話「【タイマー】は、追及する」

セリーナの強引な引き留めに頭を悩ませていたルビンだったが、

──コンコン！

話を中断するように扉をノックされ、セリーナ嬢も顔を上げた。

「はい？　今、来客対応中ですが……」

「俺だ」

ガチャ。

「マスター⁉」

入室を許可される前に扉を開けて入ってきたのは、このギルドのマスターであるグラウスであった。

ガチムチの体軀と、禿げ上がった頭。……そいつが入室とともにキラリと光る。

「おう、ここにいるって聞いてな──ルビン、少し顔を貸してくれ」

「へ？」

ギルドマスターは、見た目の変わったルビンに少し驚いたようだが、すぐに気を取り直してルビンを室外に呼び出した。

「あの、なんですか？」

「いいから、来い！」

有無を言わせぬ様子で退室を促すギルドマスター。

訝《いぶか》しく思いながらもついていったルビン。そこに慌てた様子でセリーナ嬢も追ってきた。

「ちょ、ちょっとなんですか？　マスター!?　まだ、話の途中――」

「そんなことはどうでもいい。それよりも、ルビン……。お前、やっちまったな――」

は？

「やっちまった、て……何のことですか」

「ふん。自分の胸に聞いてみなッ」

取り付く島もないまま、ギルドマスターが一方的に言い切ると、ギルドの応接セットにルビンを通した。そこは、さっきまでエリックたちと話していた場所よりも少し豪華で、ギルドの要人御用達の応接スペースだった。そして、例によってエリックたちが席に着いて茶を啜《すす》っていやがる。

さっきまでと違うのは、同席している中にサティラとメイベルの女子二人もいることだろうか。

ギルドに入った時にも彼女らの顔を見ていたが、今は二人とも気まずそうにしている。

――ま、無理もないけど……。

それよりも。

「えっと……。話が見えないんですけど？」

本気で意味が分からないルビン。さっきのセリーナ嬢の話では、双方の言い分を聞いて総合的に判断するといったような趣旨だったと思うのだが。

チラリとエリックたちの方を見ると、何やらアルガスと結託してニヤニヤしてやがる。

その雰囲気からも、どうやらギルドマスターがエリック側であると窺《うかが》えた。

（ちぇ……。面倒な雰囲気になってきたぞ）

エリックが言う、例の「手を打った」というやつかもしれない。

「ほら、座れルビン。……言っとくが、お前に茶なんか出ないぞ」

「いらないよ」

小さなため息をつくと、ルビンはいっそ開き直った様子で、エリックの真正面に座った。

そして、視線を4人に流していく。

エリックとアルガスはニヤニヤと笑い。

アルガスはルビンが怯《ひる》まないと見るや、眉根を釣り上げて憤怒の表情。実に百面相だ。

そして、サティラとメイベルは、ルビンの視線に怯《おび》えるようにそっぽを向いたり、ジッと膝を見つめたりして、決して視線を合わせようとしなかった。

（ふーん……？）

「で、なんの話？　もう、俺とエリックたちとは、なんの関係もないはずだけど？」

「何言ってんだテメェ！　ただの荷物持ちが偉そうな口を利いてんじゃねえ！」

「黙ってろアルガス！　お前が口を出すと面倒なんだよッ」

先ほどと同じようなやり取りで、エリックがアルガスを差し止める。

「ち！」とワザワザ舌打ちをしてルビンを睨むアルガスだが、その視線になんの感情も抱けない。

ちょっと前までは威圧感を感じて怯えていたはずだが、今はただ、鬱陶しいだけだった。

「そうだね？　俺は荷物持ちだったけど、それが何？　それよりも、俺は死んだらしいんでパーティを除名なんだろ？　もう、お互い関わるのはよそうよ」

「は！　勝手な言い草だな――。お前のせいで俺たちがどれほど迷惑を被《こうむ》ったと思う？　ゴラッ!?」

…………は？　め、迷惑？

「何の話だよ？　お前らが俺の足を斬って、そして、キウィを殺したことを迷惑だとか言ってるのか？」

「はん！　そんな話は知らんよ。俺たちが言ってるのは、これまで、お前が俺たちにかけ続けた迷惑の全てを言っている」

はぁ？……こいつは何を言っているんだ？

「そうだぞ、ルビン。エリックたちから話は聞いている。……お前、転職に失敗して以来、ろくに働いていないそうだな？　しかも、報酬だけは貰っておいて、パーティに何の貢献もしていないと聞いているぞ」

「マスターそれは……！」

それまで黙って聞いていたセリーナ嬢だが、聞き捨てならないとばかりに声をあげた。

だが、ギルドマスターは一睨みすると、

「誰が発言を許した！　ギルド職員が一《いち》冒険者に肩入れするなどあってはならんことだ！　いいからさっさと出ていけッ！」

一喝されたセリーナ嬢はそれでも気丈に反論しようとしたが、ルビンは首を振って彼女を止める。

　別にセリーナ嬢を気遣ったわけではないのだ。ただ、さっさとこの空間から逃れたくて、話を切り上げたかった。正直、もうコイツ等と一緒に空気を吸っているのも嫌だ。

「確かに俺は転職に失敗したよ？　だけど、何の貢献もしていないだって？　たとえ荷物持ちでも、俺が運ばなきゃ誰が荷物を持つのさ？」

「へ。荷物持ちぐらいでいい気になるなッ！」

　黙ってろと言われたアルガスだが、すぐに我慢しきれず怒鳴り声をあげる。

　ちょっと前のルビンなら、この声にひどく怯えていたかもしれない。

　ガサツで短気なアルガス。だけど、今のルビンには子犬の鳴き声程度にしか感じられない。

「あーそー。荷物持ちで悪かったね。で？　それが何の迷惑なのさ」

「ふん。そうやって素直に聞いてろ。そうだな……まず、お前のかけた迷惑を教えてやる。ゴホン！　ルビン、お前は荷物持ちしかしてないのに、パーティから不当の報酬を受け取っていたこと！」

　はぁ？

　おいおい……。

「さらには、ダンジョンの下調べを怠り、何度もパーティを危険に陥れた。そして――」

「『地獄の尖塔』では一人で怖気《おじけ》づき、パーティの荷物を持ったまま逃走し、俺たち全体を危険に晒した。そして、最後は自ら殿《しんがり》を引き受けたとはいえ――……なんてこった。それすら、俺たちを欺《あざむ》くパフォーマンスだったとはな!!」

あ？　こいつは何を言っているんだ？

「えー……。あー……どこから突っ込めばいいんだよ」

ルビンは頭を抱える。さっきセリーナ嬢に聞いた説明より、さらに酷くなっている。

「んーと。まず、報酬だけど。エリックは確か、荷物持ちごときには大した額を出せないって言って、以前の報酬よりも半分以下に減らしたよな？」

「知らん」

「あと、ダンジョンの下調べを怠《おこた》って……。お前らが一言の相談もなく、勝手にクエストを受注してきたんだろ？　それを調べるのって、どうやっても時間が足りるわけないだろうが……。それに俺は何度も何度も、その危険性について説明したよな？……そうだろ？　サティラ、メイベル——」

「知らん!!」

エリックは強く否定し、サティラもメイベルも決して目を合わせようとせず、黙って俯《うつむ》くのみ。

「そして、最後の……なんだ？　エリックたちを欺くパフォーマンスって何だよ？　そいつぁ、さすがに意味が分からないぞ？」

「は!!　その口でよく言えたな！　俺は知ってるんだぞ、お前が手負いのドラゴンを見て、手柄を独り占めしようとしてたことくらい！」

おいおい……。手負いって、誰が手負いだよ??

——あのドラゴンが手負いだったたって……？

（あり得ないっての！　手負いどころか、かすり傷一つ負わせることなく逃走したのはどこの誰だよ！）

　まったく……。

「何を言ってるかわからんけど、ドラゴンは無傷だったぞ。そして、お前たちは逃げるために俺とキウィを餌にしたくせに、よくもそんな嘘が言えたな……！」

「知らん！」

　知らん、知らん、知らん!!

「お前の言っていることは全部、出鱈目《でたらめ》だ！　俺はパーティを代表して、お前を訴える用意があるぞ！」

「訴えるだって？　――はッ!!　そりゃ、こっちのセリフだよ。アホらしい……勝手に言ってろ!!」

　いい加減聞いているのもバカバカしくなってきたルビンは席を立とうとする。

　だが、それを見たギルドマスターがルビンの前に立ち塞がる。

「どこに行くつもりだ？　まだ話は終わってないぞ」

「話？　このくだらない話のことか？　そんなもん知らないよ。あとは好きに判断すればいい。俺はもう、金輪際コイツ等と関わり合いたくないんでね！」

　ギルドマスターの脇をすり抜けるルビンだったが、

「そうはいかん。勝手な真似をするなら、お前を拘束させてもらうぞ」

　は？

「なんでだよ。俺はとっくに事情を説明したぞ？　それなら、捕まるのはエリックたちだろうが！」

「馬鹿を言うな。４人全員の証言が一致しているんだ。お前の言い分は、お前だけしか知らん話だ。その一方でお前はダンジョンで何をしていた？　――一人でドラゴンを倒したなどというが、お前のようなカスの【タイマー】だとかいう天職でドラゴンを退治できるわけねぇだろう！」

４人全員の証言だぁ!?　そりゃあ、口裏合わせくらいするだろうさ。

「………じゃあ何が言いたいんだ？　いや、それよりもギルドマスターのアンタも俺の話を聞かないつもりなんだな？」

「話なら聞いたさ」

「だったら!!」

「――お前一人と、エリックたちの４人全員からな」

ち……。そういうことか。

途端に冷めた目つきのルビン。ようするに、数の暴力だ。

４対１。

そして、ギルドマスターとエリックたちは裏で繋がっているのだろう。

４人の証言が一致することと、ルビンだけの証言を天秤にかけて、どちらが正しいか――という論法にしたいのだろうさ。その理屈で言うならば――多数決の勝利というわけだ。

実際にルビンがどうやって生き残ったのか証明できるのはルビンだけ。

それを語って聞かせても、『悪魔の証明』にしかならない。

だから、ルビンがいくら「ドラゴンを一人で倒した」と言っても、その事実はルビンしか知らない。

一方で、手負いのドラゴンを倒し手柄を奪ったという事実は4人が証言してくれるというわけだ。

なるほど。一見してどちらも完全な証明には至らないが、こと信憑性《しんぴょうせい》においては数の多い方が増すものだ。そして何より、エリックとギルドマスターは懇意なのだ。

いくらでも忖度《そんたく》が働くだろうし、何よりルビンの評判はとっくに地に墜《お》ちている。セリーナ嬢は高く評価してくれているが、それがギルド全体の総意かと言われればきっと違うのだろう。

事実、セリーナ嬢をして、ルビンの能力を高く買っているという割には、ギルドマスターはこの調子。

おまけにマスターのポストはないと言っていたのだから、お察しと言ったところ。

「4人全員ね……。エリックとアルガス——」

そして、じーっと、視線を寄越すルビン。

それは、サティラとメイベルに向けられたもので、まるで断罪するかのように、彼女らをゆっくりと睥睨《へいげい》する。

「……サティラとメイベルも同じ意見なのか？」

第14話「【タイマー】は、袂《たもと》を分かつ」

「……サティラとメイベルも同じ意見なのか？」

ビクリと震える女子二人。

最年少で賢者の称号を得たという、その小さな体軀を震わせるサティラ。子犬のように不安げな様子だが、その見た目に騙されるものか。

そして、まさしく聖女と言われるにふさわしい美しい少女。しかし、腹の中では何を考えているやら……。もう騙されないからな。

その彼女らは決して顔を上げようとせず、ルビンの視線から逃れるように俯いている。

「なぁ――サティラ、メイベル」

「ッ……」

「…………ぅ」

一瞬だけ顔を上げようとし、彼女らが何か言いたそうにしつつも、結局はサティラもメイベルもジッと押し黙ってしまった。だから、埒《らち》が明かない――。

「なぁどうなんだよ。俺の言っていること――」

「そこまでだ！　女を脅すとは、お前もとことん落ちたなルビン。呆れたぞッ」

ルビンの言葉を遮るエリック。だが、言葉の割に醜悪な面のまま、ニヤリと笑い立ち上がると、

「今回の遠征はお前のドジが原因で俺たちは大損をこいた。これは事実だ」

「はぁ??　何を言って――」

「だが!!」

ルビンの言葉を遮るようにエリックは決めつけて大声をあげる。

「――だがな。素直に謝罪し、報酬を放棄するなら……今回の件は水に流してやってもいい」

「はぁ？　し、謝罪？　報酬??　………水に流してやってもいい――だって？」

おいおい、どれもこれも、全部俺が言いたいことじゃねーかよ。

――こいつ、頭大丈夫か？

ルビンは呆れた様子で天井を仰ぐ。

(はぁ、言葉が通じないとはこのことか……)

「そうだ。まずは、報酬の山分けだ。――いつも通りな」

そう言って、顎をしゃくるエリック。そこには用意のいいことにドラゴンの素材やらが準備されていた。鱗や牙、爪……肉などの素材にいくつかのドロップアイテム。

――なるほど、それらを寄越せということか。

(……何《なぁに》が山分けだよ)

「あれは俺のものだけど？」

「ふざけるなよ！　パーティの獲物だ。当然、俺たちにも権利がある。むしろ、お前にも分け前をくれてやるんだ、ありがたく思え」

はぁ??　分け前だぁ!?

なんだ……。結局、金かよ。

「分け前だって？……よく言うよ。俺は死んだんだろ？　なら、パーティからは除名。つまり、俺はソロのはずだけど？　都合よく死んだ人間からドロップ品の権利を寄越せだって？」

「黙れ！　お前はまだ『鉄の拳』のメンバーだ！」

どの口で言うか。

「だから、報酬は山分けだ。文句ないよな？　だから、これは俺たちが貰う。いいな⁉」

はぁ……。

「…………………………好きにしろよ」

馬鹿馬鹿しい。

こんな奴らと会話しているくらいなら、肥溜めと会話してる方がよほど建設的だ。それより、いっそもう一度ダンジョンに潜ってドラゴンを狩った方が早いな。そう都合よく何匹もいるとは思えないけど、延々と繰り言を聞かされるより何倍もマシだ。

ルビンの投げやりな声を聞いたとたん、歓声をあげるエリックたち。

それを待っていたと言わんばかりにアルガスなんかは真っ先にドラゴンのドロップ品に飛びつく。

どれもこれもドラゴンが所持していただけに高価で希少なものばかり。

『竜の怨嗟の杖』

『竜尾の鞭』

『ドラゴンの心得』

『鑑定の指輪』

『竜血結晶』

『竜舌香』

『竜眼石』

金銀財宝と、
ドラゴンの鱗、牙、爪――肉等々。

「ぎゃははははは！　見ろよ、この爪！」

「ひょう！『竜血結晶』だぜ！」

目を$マークにして嬉々としてドロップ品を漁るエリックたち。その姿の、まー……なんと浅ましいことか。

うんざりして、ルビンはこの場を離れようとする。

コイツ等といるのは、ホトホト嫌気が差してきた。

いつの間にかサティラたちも遠慮がちにしつつもドロップ品を漁っている。

（くっだらない連中……）

なんでこんな連中とパーティを組んでいたのだろう。少し離れて客観的に見れば、以前までの自分に首をかしげたくなる。いっそ、昔の自分を呪いたくなる瞬間だった。

「……じゃ、あとは好きにやってくれ――セリーナさん、悪いけど正式にパーティの除名を」

「おい、待てよ」

エリックたちに背を向けたところで、呼び止められる。

これ以上何があるというのか？　まさか、パーティに戻れとか言うんじゃ……？

「…………なんだよ？」

「それも置いていけよ？」

エリックが指さす、それ。

「…………これのことか？」

ルビンが腰に佩《は》いていたドラゴンからのドロップ品『竜殺しの刀《ドラゴンスレイソード》』だ。

「そうだ――そいつも良さそうじゃないか、くれよ」

それだけ言うと、アルガスもルビンが装備している『竜鱗の小盾《ドラゴンバックラー》』に目をつける。

「ほら、サティラやメイベルも言えよ」

クイっと顎をしゃくるエリックにつられて、メイベルがおずおずとルビンが纏っている『不可視の衣《ステルスローブ》』を指さす。

「それを寄越せってさ、けへへへ」

エリックが笑い、当然のように手を差し出す。

サティラは一人だけ権利を主張しなかったようだが、ドロップ品の山にあった『竜の怨嗟の杖』を取り出し、ギュッと抱き締めている。もちろん、その間にもルビンとは目を合わせようとしない。

「はぁ……」

ルビンは心底くだらなくなり、

「ほらよ」

剣を地面に放り出し、盾を無造作に転がした。

「あとはいらないんなら、持っていくぞ」

ルビンはエリックたちが漁り損ねた品物を回収するとレアボックスにしまい込む。中には僅かばかりの竜の鱗やその他の素材、あとは指輪程度が残るのみ。

高価な品や金銀財宝は全てエリックたちが回収していったようだ。

「あ、そうだ。あとは、これも返しておく。お前らのだろ？」

そう言って、ボロボロの荷物を放り投げた。荷物持ちをさせられていたルビンが持っていたパーティの共有物資だ。大したものはないが、あとからいちゃもんをつけられちゃ敵《かな》わない。

「その代わり…………！」

「あんだぁ!?　テメェ。ごらッ？　役立たずのテメェにくれてやるもんはねぇぞ！」

いらねーよ。

「金輪際、俺に関わるな――もう、パーティじゃない」

それだけを言い放つと、ルビンは踵《きびす》を返した。

そこに、

「ま、待って！」

ルビンの袖を摑む手が一つ。

ゲンナリして振り返ると、サティラが縋《すが》りついてきた。

「ご、ごめんなさい……。全部、全部謝る。だから、……だから、あの――あ、アタシも連れていって！」

「いやだ」

「あ、ありが――――え？」

え？　じゃ、ねーよ。

「嫌だと、言ったんだけど？　じゃ、そういうことで」

何が悲しくて俺をゴミ扱いしやがったクソ女を連れていかにゃならんのよ？

しかも、手のひら返しもいいところ。

「おい、サティラ！　何考えてやがる!!」

「テメェ、こら!!」

男二人は、激高して叫び出す。そして、メイベルさん。

「そ、そうですよ……！　ルビンさんがアナタなんかと一緒に行くはずないでしょ！　ねぇー
ルビンさん！　私と行きましょ、んね？」

ニッコリ笑って反対の手を取るメイベル。ルビンが断るなどと微塵も思っていないらしい。

だが、断る。

「嫌だけど？」

「ありがと――――……んね？」

んね？　じゃねーよ。なんでお前なら一緒に連れていくと思ってるの？

「いや、え？　なん……断って――??　え、え??」

「いや、断るでしょ」

だって、俺を囮にしようって提案したのお前じゃん。

ルビンは知っていた。あの時、声に出さないまでも、パーティの総意を「ルビンを囮に」に
誘導した人物が誰かということを。

確かに、パーティ内ではそこそこ親切にしてくれていたように思うけど、それでも結局のところメイベルだって荷物はルビンに押し付けていたし、【タイマー】になってからは、彼女だってルビンの話をまともに聞いてくれなかった。

つまり、エリックたちと同類だ。メイベルの場合は、ある意味それより質《たち》が悪いかもしれない。

とどのつまり、メイベルはどうやれば自分がより聖女らしく見えるかを計算してのことだろう。

その意味では、天真爛漫で自分に正直だっただけのサティラの方がまだマシというもの。

年若くして賢者となった彼女はよくも悪くも裏表のない性格だ。

だから、ルビンに対して素直に不平不満を言う。そこに悪意はない……。

そして、

サティラだけは、あの囮にされた瞬間であっても、最後までなんだかんだと逡巡していたことはルビンも知っている。もっとも、それだけでサティラを許す気にはとてもなれなかったけど。

「だ、だって、私は今までアナタのことを思って――」

「なら、一人にしてくれよ。これ、餞別。お世話になったね」

メイベルが欲しがっていたローブ。それをメイベルに投げつけるようにして渡す。

(――これが欲しかったんだろ？)

茫然とするメイベルを尻目にルビンはさっさとパーティに……いや、元パーティに背を向けると部屋を後にした。ザワザワとした喧噪が耳についたかと思えば、応接セットを抜けて、いつものギルドの空間にいることに少しホッとした。いくらドラゴンの力を得て、【タイマー】の能力に目覚めたといっても、エリックたちから足を洗うのはそれなりに緊張していたらしい。

だけど、もうこれで自由だ。

そのままセリーナ嬢と2～3会話すれば彼女は二つ返事でパーティからの除名を認めてくれた。

どうやら、ギルドマスターとエリックたちのやり取りに思うところがあったらしい。

「はい。これで正式に除名となりました。えっと……………あー」

「おめでとう、でいいよ？」

除名を「おめでとう」と言ってよいのか悩んでいたセリーナ嬢に笑いかけるルビン。

実際、清々したものだ。元々、死亡報告のあとに自動的にパーティから除名されることになったルビンだ。手続きとしてはそう難しいことではない。元のパーティに戻すのをとりやめ、死亡欄に二重線で取り消しを入れるだけ。

あとは、別紙にソロパーティとして冒険者登録をすれば、ルビンは晴れて自由の身となった。

第15話「【タイマー】は、いちゃもんをつけられる」

「お疲れ様でした。……これからどうなさいますか？」

セリーナはいつものように、書類をトントンと整えながらルビンに問う。

「さぁ、とくに考えはないけど……まぁ、しばらくのんびりやってみようかな、と」

「そうですか。では、職員の件もあわせてご考慮ください……是非とも！」

「そ、それは、まぁ……考えるだけなら。でも、大丈夫なんですか？　ここのマスターって、ほら」

ルビンの素直な疑問は、ギルドマスターのグラウスのこと。どうもエリックと裏で繋がっているらしい。そんなところにノコノコと職員として雇ってくれるだろうか。

「あぁ、そのことなら大丈夫です。ギルドマスターは責任者ではありますが、ギルド全体を見ればただの一職員ですので」

うわぉ。この人ぶっちゃけるねー。

「そ、そうなんだ……。じゃ、考えとく」

それだけ言うとルビンはセリーナ嬢に背を向け、ギルドを出ようとした。

とくに大きな目的があるわけじゃないけど――。まずはゆっくり休もう……。

「おい！　ルビン!!」

そこに、性懲りもなくアルガスが大声で突っかかってきた。

「…………なに？　まだ、なんかあんのかよ。もう、報酬はくれてやっただろ？　そのかわり今後、いっさい関わるなって――」

「んっだ、その生意気な口のきき方はよぉぉおお!!」

大振りのテレフォンパンチ。

……あれ?? アルガスって、こんなに雑魚だっけ。

(すげー遅い……)

余裕で躱《かわ》せるそれ。ルビンは最小限の動きでパンチを躱してみせた。

「こっの……!!」

うわ、おっそ。

「避《よ》けんじゃねぇぇぇえ!!」

ぶん、ぶん、ぶん、ぶん
躱す、躱す、躱す
「テメェエエエエ!!」

ぶんッツ!!

だが、悉《ことごと》くかわす!

ムッキーと、激高するアルガスにギルド中が騒然とする。

ただでさえ目立つ『鉄の拳』が、大声で元仲間に殴りかかっているのだ。

「お、おい。見ろよ」

「ありゃ、アルガスとルビンか?」

「なんだ、なんだ? なんか揉めてるとは聞いてたけど……」

ギルド1の冒険者たちが衆目下で殴り合いを始めたのだ、そりゃ目立つ。

いや。殴り合いというのは語弊があるか……。

「躱してんじゃねぇぞ!! このクソ雑魚がぁぁああ！」

「……無茶苦茶言うなよ。別に当たってやってもいいけどさ、いい加減うんざりだ」

「よせ、アルガス！」

慌てたエリックがギルドの奥から飛び出してくるが、時既に遅し。

エリックが止める間もなく、アルガスは怒り狂ってルビンに襲いかかっていた。

「ち……しょうがねぇ！ 俺もルビンにはお灸を据えたかったとこだ」

ちょうど良い機会だとばかりにエリックも加勢。だが、そこそこ慎重なエリックがチラリと奥の方——ギルドマスターを確認している。すると、彼は「ゴホンゴホン」と咳払いして、わざとらしく目を逸らした。おまけに、さりげなくセリーナ嬢の進路を塞いでいる。

(ほーん。なるほどね……)

明らかに、この騒動には気づかなかったという態度をとるつもりなのだろう。

ギルド側が止めに入らないことを確認したエリックがニヤリと口を歪める。

(まぁ、それなら俺にも好都合だ)

セリーナを除けば他の職員もギルドマスターには逆らえないのか、あからさまに気づかないふりをしたり、にわかに忙しそうに働き出す。冒険者のためのギルドとは言っても、所詮はこんなものか……。

「ちょ、何の騒ぎですか!?」

ギルドマスターの陰からセリーナの声が響くが、すでに諍《いさか》いの幕は切って落とされていた。

エリックは邪魔者はいないと確認すると、アルガスと連携しルビンを挟み込むように回り込んだ。

「……エリックもか？　なぁ、まだ俺に用があるのか？　欲しいものはくれてやっただろ？　そして、俺はパーティを抜ける。それでいいじゃないか？　──あとはどうしろってんだよ？」

「どうしろだと？　…………………はッ！　謝罪がまだだろうがぁぁああ!!」

謝罪…………？　誰が、誰に──？

「お前が、俺に、決まってんだろうがぁっぁああ！」

鞘ごと剣を引き抜いたエリック。殺しはしないが、痛い目をみせてやると言わんばかり。

そして、躊躇なく剣を振り上げると、アルガスの巨体を壁にしてルビンを挟み撃ちにするつもりだ。

「うらぁぁぁあ!!」

──ガッツン!!

「どうだッ……！」

面倒くさくなったルビンは、その一撃を一発だけ食らってやるか──と、顔面のど真ん中に受けた。

剣から響くあまりの衝撃と、大きな音に周囲で見守るギルド職員や冒険者たちの方が顔を顰《ひそ》めるほど。

エリックの一撃は、それほどの威力に見えたのだ。

だけど、

「ぷっ…………もういいだろ？」

ルビンはまったく動じた様子もなく、少しだけ鼻の頭を赤くして呆れたように吐き捨てる。

「んな⁉　なんだ、と……」

ジーンと痺《しび》れる腕に顔を歪めるエリック。

「……でも、まぁ――。黙って殴られるほど、俺も優しくはないぞ？」

それに、これは正当防衛。怒りと鬱憤とともにルビンの腕の筋肉がミリミリと盛り上がる。

そして――……、
すぅぅ、

「一発は一発だぜ……」

第16話「【タイマー】は、ぶっ飛ばす!」

「一発は一発だぜ…………」

エリックの挑発を受けて立ったルビン。その瞬間、今まで感じたこともないような激情が身体を駆け巡る。なぜだがわからないけど、ドラゴンの血肉を食らった臓腑《ぞうふ》が熱い……!

ニィ……。

ルビンの心が高揚し、血と肉がザワザワと騒ぎ、沸き立つ気配に口角が吊り上がる。

「すぅぅ――……」

「何を生意気なことを言っ」

――ふんッッッ!!

ドコンッッ!!!

「えぶっっっ!!」

エリックの腹が「く」の字になるほどの衝撃! ルビンの容赦ない腹パンがエリックを襲うッ。

「かはッ………!」

込み上げる吐き気を堪《こら》えるエリック。

その目は、「は、はや……!? こ、こんな雑魚が!?」と驚愕に目を見開いていた。

「……そういえばエリックよぉ。さっき謝罪が、どうのこうのって言ってたな?」

「ごふッ……! て、てめぇ……」

だったらよぉ……。

「まずは……」

ボキボキ。ルビンは拳を鳴らすとユラーリと立ち塞がる。

そう、まずは……。

「――まずは、お前らから謝るのが筋ってもんじゃねーのかぁぁああ!?」

一歩踏み込む!! ――ずんッッ!!

ギルドが小揺るぎするほどの気合の入った一歩、そして腰を撓《た》め込むルビン!

「ごほぉ……! お、ぉぉおおおい、待てッ……!」

「これは――」

ミシミシミシ…………!! ルビンの筋肉に血管が浮き上がり、力が籠もっていく。

「よ、よせ!」

これはぁぁあ――――!!

すぅぅぅ、

「……今まで散々こき使ってくれた分!!」

ドゴンッッッ!

「ごぶぉぉおおお!!」

フワリと浮かび上がるエリック。

そして、

「……報酬をピンハネしやがった分ッッ!」

ゴスンッッ!!

「ふぐぁぁあああッッ!!」

床に落ちる間もなく、ルビンの鉄拳がエリックの腹部に突き刺さる!

そして、これは――!

「……パーティ内でハブりやがった分ッ!!」

ガスンッッ!!

「ごっふあぁぁああ!」

さらに浮かぶエリック。まだまだぁぁぁあ!!

「――パシリさせやがった分ッ!! 残飯を食わせやがった分ッ! 実家への仕送りを横領した分ッ!! そして」

そして、そして、そしてぇぇえええええ!! ――うおりゃああああああああああああああ!!

「よせッ、やめろぉぉ……――エゲブゥォォオオぉぉぉぉおお!!」

やめるか、ぼけぇぇぇぇぇぇっぇええええ!!

うおおおおおおおおおおお!!

ズドドドドドドドドドドド!!

「あばばばばばばばばばば、あばぁ……!」

言葉にならない絶叫を吐き出すエリック。

――だが、許さん!!

食らえ、食らえ、食らえ!!

ルビンの拳が目にも留まらぬ速さで、高速のままエリックの腹に突き刺さる。

全てが容赦のない腹へのパンチ!!

腹パン、腹パン、腹パン！

腹パンの嵐じゃぁあああ!!

「あばぁぁぁあ…………」

エリックは地面に臥すこともできずに、身体を「く」の字に曲げて中空を舞う。

そして、

「一発は、一発だ！！！」

だから、今までの一発をまとめて返してやらぁぁぁあ!!

「——利子をつけてなぁぁぁあああッッ!!」

これで、最後ッッ——!!

「こ・れ・は・キウィの分だぁぁぁああああ！」

おーーーらぁっぁあああああああああ!!

「や、やめ——」

エリックの呻《うめ》き声。だが聞かん!!

「撓《た》めてからのぉぉお——」

ズンンッッ!!

今日一番の踏み込みと、腰撓めの姿勢!!

――すぅぅぅう……!!

「どりゃぁぁぁあああああ!!」

思いっきり腰撓めに構えた拳をエリックの腹に、ズドォォォォオオン!! とぶち込んでやった。

「エゲベラボロエゲェェッェェェエエエ」とか、意味不明の叫びを残しつつ天井近くまで吹っ飛んだエリック。

拳に残る感触は、奴の鎧を砕いたものだった。

「はっはー!! きーもちぃぃい!!」

くぅぅう!! この感触!! だが、これで終わりじゃねぇぞ!!

「――かーらーのーーーー!!」

まだだ。まだ終わらんよ。

「……取って置きのぉぉおおお!!」

失神寸前かつ、地面に落下しゲロを撒き散らす寸前で、ルビンは手を翳《かざ》す。

――……「タイム!!」

「エブッ」

ぴた――。

エリックの喉の奥から、ゲロがせり上がってきた――まさにその瞬間!!

そう! まさにその瞬間!! エリックの時が停止した。

それを見ていた野次馬は驚愕に目を見開く。

「「なッ!?」」

ピタリと中空で動きを止め、足が床に着いたところで間抜けな姿勢のエリックが動きを止めたのだ。

かちーん…………………。

それは見守る面々からすれば異常な光景だっただろう。もちろん、アルガスもまた――。

「「「「へ…………??」」」」

「んな！　なんだぁ!?　え、エリック……？」

ルビンの高速連撃《ラッシュ》を唖然として見ていることしかできず、ポカンと口を開けるのみ。

そこには、さっきまで連携していたはずのエリックが間抜け面で硬直しているではないか。

しかも、だ。

それがルビン如きの拳で沈められたのも驚きだった……。だがそれをおいても、まさかまさかの現状が起こる。

いや、起こっている!!

どう見ても、凍り付いたように動きを止めたエリック。まるで時が止まったかのように、口からゲロを撒き散らす寸前といった表情で、ピタリと動きを止めているのだ。

「な、なにを……？　どうなって？　エリ――……てめぇぇええ！　何をしやがったぁぁあ!!」

事態が読めず、思考を放棄したアルガス！　脳筋上等と言わんばかりに!!

「ぶっ飛ばしてやるぁぁ、ルビぃぃいいン!!」

懲《こ》りないアルガスは、強烈なパンチをお見舞いしてやる！　とばかりにルビンを指向した。

その拳が――ぐおんッ！　と風を切って迫りくるのも、ルビンは失笑とともに見ていた。

「は！　いーパンチじゃねーか！」

だけど、

「食らってやる義理はねぇ！」

「ほざけ、ル」

――――タイム！

ピタ…………。拳を繰り出した状態でアルガスが静止した。

「せっかくのテレフォンパンチ！　楽しもうぜ、アルガぁぁあス!!」

もはや、ルビンの叫びなど聞こえないアルガス。奴は、「ふんぬ！」と言った表情で凍り付いている。

「エリック!?」

「アルガス!?」

事態を見守っていたメイベルとサティラ。彼女らとて、予想外の事態に目を丸くするばかり。

あはは――――。

これで終わりだと思うなよ。……お前らの馬鹿にした【タイマー】がどういうものか見せてやる!!

クスッと微笑むと、ルビンはエリックの顔面をグワシ！　と摑み、アルガスの身体の前まで持っていく。

そして、今日一番かつ人生最大の凶悪な笑みを浮かべてエリックを動かし、位置を調整していった。

……そう。停止したままのエリックを、アルガスの拳が直撃する場所に……身体を「く」の字に曲げてゲロを吐く寸前のエリックの背を持っていく――。実に楽しげに、アルガスのパンチ――そのジャストポイントが当たるその場所に、エリックの背中の正中線を!!

「完成……!」

ふくく……と、今まで見せたことのない笑いを浮かべるルビン。

その様子にギルド中がドン引きしつつも、制止したエリックたちからも目が離せない。

「お、おい……どうなってんだ?」

「ルビン……だよな、あれ?」

「エリックとアルガスを手玉に取った……!?」

「っていうか、なんだあのスキル――」

それは異様な光景だっただろう。

Sランクパーティの最強火力の二人を、お荷物でゴミ扱いされていた――元【サモナー】が圧倒してしまったのだ。そして、見たこともない妙なスキルを使い、完全に二人を制圧してしまった……。

それを茫然と見守る、ギルドの人々。

「ちょっと、どいてください! マスター!! …………って、何あれ?」

そこにようやく出てきたセリーナ嬢。しかし現場の状況を見て、サティラとメイベルと同様に呆気に取られていた。

「あ、あれって。る、ルビン——だよね?」

「う、え? ルビン、さん……?」

サティラとメイベル。ルビンに手ひどく振られた二人も呆然としている。

彼女らは、その逆恨みからいっそルビンがエリックたちに痛めつけられればいいとすら考えていたくらいだ。しかし、この結果は予想外だったのだろう。

非現実的な光景にポカーンと口を開けて見ている。だが、ルビンはもはやそんな二人に一切関心を払うことなく、エリックたちが回収しなかったドロップ品の残りだけを担いで、さっさとギルドを後にする。

……もう仕上げはすんでいるから。

「…………………」

最後に少しだけ、サティラとメイベルを振り返ると……もはや何も言わずに去っていく。

「あ……!」

「待っ……」

ルビンが黙って去っていくその様子に声をかけようとするも、「どけよッ……!」ルビンに一睨みされ硬直。

「ひっ」

「あぅ」

そのまま、ドサリと膝をついた二人。

まるで息をするのを忘れたかのように、口をパクパクさせていたが、結局何も言えなかった。

「はー、はー、はー……」

「くそッ、ルビン……！」

サティラは過呼吸で汗だくになり、メイベルは憎々しげに床をかきむしる。

恨みがましく、ルビンが去った背中を見送るが、ようやく動き出してエリックたちの様子を窺《うかが》った。

「お、覚えてなさいよ！」

「そ、それより、メイベル！　二人とも、息してないよ!!」

恐怖か悔しさか、目に涙を浮かべたサティラがエリックたちの様子に驚いている。

「ど、どうなってんの、これぇ？　ねぇ、メイベルぅ!!」

「私にわかるわけが……！　って、嘘……。し、死んでる……？」

ちょんちょん、とメイベルがエリックの顔をつつくも反応がない。

「ねぇってば、どうしたらいいの？　わ、かんないよ……」

「なんてこと……。こ、殺されたの!?　ルビンの奴が殺したの!?」

いや、だけど……こんな死に方聞いたことない。そこに、泣きそうな顔で、サティラがエリックを覗き込む。

……アルガスの動きは止まり、メイベルも痛ましげに二人の顔を覗き込む。

そして、エリックも同じく動きが止まり、ゲロを吐く刹那で硬直している。

まるで時間が止められ——今にも動き出しそう……。

パチン。ギルドの外で、人知れずルビンが指を弾く。

「……そして、時は動き出す————」

カチ、カチ……。カチ——。

かちん…………………。

ぴくり——。

え、

「エゲベラボロエゲェェ——！　あれ？」

「ほざけ、ルビぃぃぃいン!!　……あれ？」

そして、エリックの時は動き出す。

連撃を腹に食らい失神寸前——今日、食べたランチが喉元まで込み上げてきていたところ。

そして、アルガスの時は動き出す。

ルビンをブチのめそうと、渾身の力を籠めて殴り抜く……！

そう、ルビンではなくエリックの反り返った背中を——。

ズドォォォオオオン！！！　——と、アルガスの拳が直撃した。

ぶほッ………!!

「げ、げふぉぉお？　——あ、アルガスぅ？　オゲェェェェエエエエっっ!!」

「な、なんで、エリックぅ？　——ひぃぃぃいいいいいいいいいいい!!！」

エリックの曲がった背中に直撃する拳。「く」の字が無理やり「へ」の字に………。

そして、エリックの腹からせり上がった吐瀉物が、喉を通ってアルガスのパンチを食らって

盛大にギルド中に────……。

　ばら蒔かれたッ!!!

「「「「ぎゃああああああああ!!」」」」

「きゃあああああああ!!」

「ひゃあああああああ!!」

おまけにエリックたちの顔を覗き込んでいたサティラとメイベルは、もう……、なんというか。

もう、なんというか!!

──べっしゃーーーーー!!

「「──∞※∀∩%#?∝」$@!!!」」

サティラ、メイベルはゲロが顔面直撃!! 声にならない声をあげてのたうち回っていた。

そして、アルガスも二人から跳ね返ったゲロを頭から浴びて、もう悲惨。

まさに阿鼻叫喚!!

ギルド中で悲鳴が起こり、野次馬していた連中にも雨のように降り注ぐゲロ……以下略。

あえて言おう。地獄であったと……。

おかげで、ギルドではしばらくゲロの臭いが取れなかったとか、なんとか……。

そして、エリックについた「ゲロ噴水」の二つ名も、しばらく取れなかったのは間違いない。

──あっはっはっはっ!!

「汚いシャワーだぜッ」

遠く離れていくルビンの高笑いが聞こえたような気がして、頭からゲロを被ったアルガスとサティラとメイベルが、大声で叫ぶ――!!

「「ルビぃぃぃぃぃいいいン!!!!」」

はっはっはっはっは……知らん知らん。

自業自得だろうが。

ちなみに、ギルドの職員と冒険者はタダの巻き添えです、はい。

第17話「『鉄の拳』は、入院する」

あっはっはっは!!

「汚いシャワーだぜ――」

ギルドの外から聞こえていたはずのルビンの高笑い。だけど、それはギルド内の人間にはほとんど聞き届けられなかった。なぜなら……。

「ぎゃぁぁあああああああああ!!」

「うぎゃぁぁぁああああああああ!!」

物凄い声をあげて、のたうち回る女子二人。

その声をあげているのは、王都にその人ありと謳《うた》われる大賢者サティラ。

そして、聖女教会の最高峰にして、至高の存在と呼ばれる聖女メイベル。

その最高の女たちが…………。

「ああああああ、ああああああああ!!」

「臭い臭い臭い臭い臭い臭い臭ーい!!」

おえええええええええええ……!!

全身ゲロにまみれてベチャベチャと、二人して大声で転げ回り、吐瀉物《としゃぶつ》に塗《まみ》れてさらに、自らも撒き散らす。もう、酷すぎる。

「「ひぇっぇえええええ!」」

「「逃げろッ、逃げろぉぉぉ!」」

「「く、くっせーー!!」」

屈強な冒険者たちもこれには堪《たま》らず、ゲロの雨を浴びながらもサティラとメイベルたちから遠ざかる。

そして、可憐な彼女らを密かに慕っていたギルドの面々が、その様子に幻滅していくのがありありとわかった。一見して、小さな少女《エターナルロリ》にしか見えないサティラ。

その、保護欲を掻き立てるはずの小さく可憐な姿であっても、ゲロまみれでは男たちも近寄れず。

そして、男なら誰もが目を引き、すれ違えば必ず振り返るであろう、美しい少女の姿をしたメイベルであっても、……ゲロにまみれていては誰も近寄れない。

というか、ゲロの臭いが凄い……。

顔も見た目も凄い…………。声も態度も凄い……。

一方で、吐瀉物とともに、口から内臓をダイレクトアウトしたエリックは、ビクンビクンと嫌な感じに痙攣《けいれん》しながらうわ言を言っていた。

「うふふふふ……。ピクンピクンと、お腹の肉が動いてるよぉ～……。うふふふ～」

口から出ちゃいけないものが出ているが、誰も止められない……。

最後に、瀕死のエリックの正面に立つアルガスはといえば、エリックの吐瀉物を一身に被ったというのに、微動だにせず。敢然と立っていた――。

その姿はまさに……。さすがはSランクパーティの盾役を務める重戦士なだけはある、と言わしめるだろう。

やるな、アルガス！　地獄の様相を呈している周囲にも全く動じず、ビクともしない。

しないんだけど——。

そう……。

「す、すげぇ……」

最も至近距離でゲロを浴び、そして、今も頭から降り注ぐゲロの雨にも動じないその姿に冒険者たちが心を打たれた…………はず。

あれ？

「——た、立ったまま気絶してるぜ……」

エリックを殴り抜いた姿勢のまま、アルガスは失神していた。ついでに、ジョバジョバと失禁《おもらし》も……。彼の頭からポタポタと垂れるエリックの吐瀉物が、まるで涙のようだった——。

「うわー……『鉄の拳《アイアンフィスト》』引くわー」

「うわー美人なのに、引くわー」

「うわーあの小さい子、可愛いのに引くわー」

居合わせた全冒険者に、ドン引きされてるSランクパーティ（笑）。

これが『鉄の拳』の現在の姿……。最精鋭かつSランクパーティの雄姿？　だった。

「な、ななんあなな……なんちゅうことを、あんガキゃぁぁ!!」

そのあられもない姿を見て嘆いているのは、禿げ頭がキラリと輝くギルドマスター。

それは、吐瀉物を浴びて一層光り輝いている。

「よ、よくもぉぉ……！　よくも俺のプランをぉぉお！」

全身を怒りで真っ赤に染めてブルブルと震えている。それもそのはず。ギルドの惨状を目の当たりにして怒り心頭といったところだ。エリックたちに恩を売り、Sランクパーティをギルド専属にして一山当てようと考えていただけにこの状況は受け入れがたいのだろう。

うまく手柄を立てれば、王都のギルドの栄転もあり得ると……。

だが、それも潰《つい》えた。

暫《しばら》くは『鉄の拳』は活動不能。オマケにこのザマでは評判は地に墜《お》ちてしまったことだろう。

「ルビンの野郎！　余計な真似をぉぉ……。ダンジョンで勝手に朽ち果てていればいいものを！」

少なくとも、ギルドマスター視点では「カス」だと思っていたはずのルビンの仕業と考えればそう簡単に許せるものではなかった。

「ぷは……！　ビックリしたー」

そこに、のうのうと顔を出すセリーナ。ギルドマスターに通せんぼをされていたのをいいことに、決定的瞬間にはマスターを盾にする強《したた》かさを見せていた。この強かさと頭の回転の速さがあってこそ、海千山千の冒険者の溢れるギルドでの受付嬢が務まるのだろう。

「うわ……。バッチイものがいっぱいだぁ……」

鼻をつまんで仰《の》け反るセリーナ嬢。しかし敏腕職員らしく、ギルドの惨状を見てすぐの行動。手近な職員を捕まえては、掃除をしなさいと言って彼等をテキパキと動かしていく。一方で、彼女が働いているというのに、図体だけデカいギルドマスターは未だに怒りに震えているだけ。

その姿を邪魔臭そうに職員に見られていても気づかない。

「こ、こここここ……今度ギルドに来たら、あのガキをギッタギタにしてやるぞ！」

「……それ、自分の首を絞めるだけですよ」

冷静に突っ込むセリーナ嬢の言葉に、ギョッとして目を剝《む》くギルドマスター。

「な、なんだと？　なんでそういうことになる！」

「いやいや、これアンタのせいでしょ――……そもそも、喧嘩の原因をギルド上層部に何て言って説明するつもりですか？」

そう。セリーナの言う通りなのだ。本来、ギルドマスターはギルド内で起こったイザコザを収める役目もある。しかし、Sランクパーティに専属になってほしいギルドマスターは、ルビンを生贄にすることで、エリックたちを依怙贔屓《えこひいき》した。そうして恩を売ったつもりなのだ。

だから、エリックたちの言い分を聞いて、一方的にルビンを貶《おとし》めたわけだが……。

その上で、この惨状。現場にいながらにして、ゲロ撒き散らかし事件を止められなかったとすれば、………まぁ、責任問題は間違いない。

少なくとも、ルビンだけを「悪」として捕まえるような真似は最高にまずい。

「ぐむ……！」

ルビンを捕まえて取り調べたならば、その中で、必ずその経緯に至るまでのことを追及されるだろう。そうなった場合、ギルドマスターとエリックたちが結託してルビンを追い詰めたことまで明るみに出てしまうのだ。

つまり、エリックたちの不正を暴かれたくなければ、このゲロ撒き散らし事件はギルドマスターの裁量で内々に納めなければならない――。もっとも人望のなさそうなギルドマスターのこと。そのうち職員の誰かが監査にチクるのはそう遠い日ではなさそうだけど……。

さて、それはさておき。ルビンがどこまで計算していたかは不明だが、ギルドマスターは表立って動けないことに「ぐぬぬぬ……」と唸《うな》るのみ。

とはいえ、それがエリックたちの暴走を止めなかったギルドマスターの落ち度というものだ。

「ぐぬぬぬぬ……！」

「ぐぬぬ、じゃないですよ。大局を見てエリックさんたちをギルド専属に引き込もうとしたのかもしれませんが……――それ、逆効果ですよ？」

セリーナの苦言に、苦虫をかみつぶしたような表情で、ギルドマスターは現場の惨憺《さんたん》たる有様に目を覆う。そこに追い打ちをかけるように、さらにセリーナは言った。

「あー。エリックさんたちをざっと診断した結果ですが」

セリーナ嬢の冷静な目に映る現状。

依怙贔屓していたSランクパーティは壊滅し、リーダーは内臓破裂寸前でのたうち回っている。

大賢者と聖女の女子二人はといえば、今もギャーギャーと騒いで転げ回り、ギルド中に悪臭をばら蒔いている。

多分すぐには立ち直れまい……。

「――当分、『鉄の拳』は活動できないかと……」

ボソっと呟くセリーナ嬢の言葉も、のたうち回るメイベルたちの声に掻き消された。

「あーーーあーーーーあーーーー!!」

「目が、目がぁぁぁあ!! あーー!!」

これがあの最強と呼ばれた『鉄の拳』の姿だと誰が思うだろうか？

「ええい！ 衛生係《メディック》!! 早くエリックたちを治療しろ！」

悪臭漂うエリックたちを遠巻きに眺めていたギルド職員たちが凄く嫌そうな顔でお互いを見合わせる。

「ぐげげげ……！」

妙な声を出して運ばれるエリック。身体の形がなんかおかしい……。

「触んじゃねぇぇぇえ！ 誰かルビンを追えよ！」

「め、メイベルぅ、落ち着いてよぉ！」

憤怒の表情で喚《わめ》き散らす聖女……。それを諫《いさ》めるサティラはタジタジだ。

ギルド職員だって、本音では触りたくない。だって臭いんだもん……。

だが、ギルドマスターに睨まれては仕方ないと渋々ゲロの海を歩いて渡り、ばっちそうに指でつまむようにしてエリックたちを収容していった。

「ぢぐじょー！ ルビンの野郎覚えてろぉ！ さっさと起きろ、くそエリックがぁぁあ！」

エリックが収容されている担架をガンガン蹴り飛ばすメイベル。…………聖女ですよ、あれ。

「ちょ、やーめーてー！ メイベルぅぅ！」

最後まで喧《やかま》しく騒いでいたエリックたちが治療院に運ばれてようやく静かになったギルド。

まだ酸っぱい臭いが漂っていたが、換気すればじきマシになるだろう。

「はぁ……。あんな連中がSランクだなんて。やっぱり再認定を急ぐべきですね」

セリーナは額を押さえて一人で嘆く。

だが、その責任者たるギルドマスターはひたすらルビンを呪っていた。

「くそ‼　ルビンの奴、一体何をしやがった？　ありゃ、まるで氷魔法でも使ったようだったぞ⁉」

氷魔法？　あれが……⁇

いや、違う……。アレはもっとこう――。……禍々《まがまが》しいそれだった。

「……いえ。ま、まさか、ね」

セリーナはルビンが使ったスキルのようなものを再び思い浮かべる。

「タイム！」と、そう叫んでエリックたちをあっと言う間に制圧してしまった、その御業《みわざ》を――……。

あれは……？　アレは、もしかして――。

「じ、時間魔法……？」

セリーナはあり得ない結論に至りそうで首を傾げる。

「だけど……時間魔法は禁魔術《タブーマジック》の一つで、エルフたちが頑《かたく》なに禁じているはずじゃ？　それを学ぶ術《すべ》なんてどこにも……」

――それを、どうしてルビンさんが？

喧噪《けんそう》の中に消えていくセリーナの独白。だが、その言葉を聞きつけていたものは誰もいない。

――いや、違う。一人だけいた……。

グビリ。

「ぷはっ…………………………ほう、『時の魔法《タブーマジック》』の使い手とな？」

静かにジョッキを置く音とともに、目立たない位置にいた人物がボソリと呟いた。

ギルド中が悲惨な喧噪に包まれている中、併設されている酒場で一人黙々と酒を飲んでいる異様な人物。……そいつは、ローブを目深《まぶか》にかぶり、「時間魔法」という言葉にピクリと反応したかと思うと、その奥に隠れた瞳をキラリと輝かせた。

そして、

「まさかこんなところに禁魔法使いがいるだと……？　いや、まさか、な」

そう小さく呟いたかと思えば、その姿は掻き消えるようにして風景に溶けていった。

まるで、最初から誰もいなかったかのように――……。

第18話「【タイマー】は、物思いにふける」

「さーて、勢いで出てきちゃったけど、どうしようかな？」

いつもなら、ギルドでの用事を済ませた後はパーティのために様々な雑用などをこなしていた。ダンジョンの下調べに、消耗品の購入。最近の冒険者の傾向や、諸外国の噂等々。

でも、今のルビンにそんなことをする必要性はなくなった。もはやたった一人の生活。自分だけの時間。

どうしようかなんて考える暇があるほどだ。

「うーん……何も考えてなかったぞ、どうし」

「ルビンさーーーーん!!」

道端でハタと考え込んでしまったルビン。そこにパタパタと駆けてくるのはセリーナ嬢だった。

「はぁはぁ……よかった追いついて」

フゥ……と、荒い息を落ち着けたセリーナ嬢は、

「すぐに出てきて正解でした」

「はぃ？　俺なんかしました？　…………まさか、エリックたちのことで――」

「いえいえ、まさか、まさか！　あれは正当防衛ですよ（ちょっと過剰でしたけど）ボソっ」

「ですよねー…………え？　最後に何か言った？」

「いえ、なにも？」

セリーナ嬢はルビンに非がないと簡単に説明すると、追ってきた趣旨を話す。

「あの、ルビンさんがダンジョンから持ち帰ったドロップ品です。エリックさんたちに譲渡したものはギルドの一存ではどうすることもできませんが……」

そう言って、一枚の羊皮紙を差し出すセリーナ。

そこにはいくつかの目録が記されていた。

「これは……？　エリックたちに渡したはずじゃ――」

それはダンジョンから回収したドロップ品のいくつかで、いちゃもんついでにエリックたちにくれてやったものだ。それを今さらギルド経由で渡されても困る――後から返せと言われるのも面倒くさい。

そういったことが七面倒なので、あのパーティにいた頃に手にしたものはなるべく手放したかったのだ。それは、ダンジョンで見捨てられてから入手したものも同じ。

少し惜しくはあったが、ドロップ品やドラゴン等の素材は厄介払いと手切れ金のつもりだったのだ。

「いいえ。エリックさんたちはこれらの権利を主張しておりません。おそらく、さほど価値があるようには思われていないのでしょう」

言われてみれば、剣やローブは確かに預かり証の目録にはない。それはつまり、この目録にあるものはエリックたちがいらないと判断したものなのだろう。ようするに、ここに記されているということは、市場では全てゴミということではないのか？

だったら、なおさら「俺もいらない」とルビンは言おうとした。だが、セリーナ嬢がここまでワザワザ持ってきてくれたものを無下《むげ》に断ることもできないので、軽く礼を言って引き取ることにした。

「あ、ありがとうございます」

「いえいえ、とんでもないです。…………ところで？」

マジマジと顔を覗き込んでくるセリーナ嬢に、ルビンはドキリとする。彼女は結構な美人だったりするので、不意に顔を近づけられたりしたら、経験値の低いルビンはドギマギしてしまう。

フワリと香る良い匂いにもクラっときそうだ。

「……アナタ、ルビンさんですよね？」

「は？」

「いえ。──なんだか、いつもと全然様子が違うので……」

ん？

「そ、そうかな？　俺は俺だけど……」

「え、ええ。確かにいつものルビンさんですね。おかしいわね……？」

セリーナ嬢の言わんとすることもわかる。確かにさっきまでのルビンは激情に突き動かされていた。

なぜだか知らないけど、普段なら我慢して抑圧していた感情が爆発するようにして弾けたのだ。

それはもちろんエリックたちへの不満や、キウィとの別離のことも重なっていたとはいえ、だ。

「……多分、ドラゴンの血肉を食らったせいかな？」

何気ないルビンの一言にセリーナ嬢は目を剥《む》いて驚いている。

「う、疑っていたわけではありませんが……。本当に一人でドラゴンを倒して、その血肉を食らったのですね？　確かに、伝承ではそのようなことが起こり得るとは聞いたことがありますが……」

そもそもドラゴンの絶対数が少ない。

だが、さすがはセリーナ嬢。ギルド職員の鑑《かがみ》なだけあってその手の情報には詳しいらしい。

「(――これは何としてでもルビンさんにはウチのギルドで働いてもらわなくちゃ！)」

「へ？……何か言いました？」

セリーナの人知れず口にした決意をルビンは何となく聞き流してしまったが、どうやらドラゴン云々はセリーナ嬢のルビン勧誘工作に火をつけたようだ。

「ルビンさん」

セリーナ嬢はウンウン頷くと、ニッコリ笑って言う。

「…………明日、是非ともギルドに顔を出してください。すぐにでも認定試験の準備を整えますので」

「え？　明日!?　は、早くないですか……」

たしか、昇任試験や等級認定試験はそんなに随時に開けるものではなかったはず。

少なくとも、1カ月に1回。等級によっては一人に1回や2回程度しかないものもある。

「おまかせください。なんとかします」

そう言って自信ありげに笑うセリーナ嬢。本当に何とかしてしまいそうだ。

「わ、わかった。気が向いたら行くよ」

「必ず！　来てくださいね！　もちろん、職員のポストもいつでもルビンさんをお待ちしております。よ」

ニッコリ!!

若干食い気味のセリーナ嬢に気圧《けお》されたルビンは、どっちとも判断のつかない曖昧な言葉でお茶を濁した。だってセリーナさんの食いつき、半端ねーんです。

なんとか会話を切り上げると、上機嫌に手を振るセリーナ嬢に背を向けてルビンは街に向かった。

※　※

さて、これからどうしよう？

とりあえず、セリーナ嬢と別れ際に、彼女から明日ギルドに顔を出すように言われている。勧誘のそれではなく、ルビンの等級についての相談らしい。もちろん勧誘もあるのだろうけど、それ以上にルビンの興味は等級《ランク》に向いていた。なぜなら、今までのSランクの称号はパーティとしてのもの。エリックたちと袂を分かち、ソロとなった今——ただの元お荷物【タイマー】のルビンにあたる等級など存在しないということ。つまり、今のルビンは新人以下。駆け出し冒険者未満。

要は、再認定ってやつだ。

「B級……。いや、そこまで欲張らないから、せめてC級くらいだといいな。ダンジョンだって脱出できたし、エリックたちは簡単に倒せたんだから……」

とはいっても、どちらも「タイム」があったればこそ。

それなしでは、ダンジョンからの帰還やエリックたちをぶっ飛ばすことも不可能だったかもしれない。

ルビンの本当の実力はいかほどのものだろう。それを想像して少しわくわくしている自分がいた。

今まで、ずっとパーティに尽くしてきた。そして、お荷物となってからは顔色ばかり窺ってきた。

それが、だ。

それが…………。それが急に一人になって――。

「はは。なんてこった」

……こんなに。

「こんなに――……！」

ポロリと零れ落ちる涙。それを隠そうとして空を仰ぐルビン。

そして、視界に映った傾きつつある夕陽へと手を伸ばして……。

(こんなに――!!)

「……こんなに自由が気持ちいいなんて!!」

天を仰いで、その場でクルクルと回るルビン。

ダンジョン都市の人々が怪訝《けげん》な目をしていたが、気にしない。

だって、ルビンはこんなにも自由なんだから――……。

ぐー…………………。

「あ」

ぐきゅるるる……。

「そういえば、ゴタゴタしてでご飯食べてなかったな」

ダンジョン『地獄の尖塔』からの帰り道に、生のドラゴンの肉を齧《かじ》っただけ。

あれはあれでうまかったけど、そろそろ普通の人間らしいご飯が食べたい。

「お金は…………」

あんまりない……。

パーティで冷遇されていたルビンのこと。どうやら。報酬もかなりピンハネされていたらしい。

「はぁ……。贅沢はできそうにないけど――」

空きっ腹を抱えつつ財布を確認すると、銀貨が数枚に銅貨が少し。

「明日以降の宿代を考えたら、あまり贅沢できないな……。ま、いっか」

念のため、『地獄の尖塔』にトライする前に『鉄の拳』がとっていた宿に顔を出す。

幸いにもルビンは冷遇されていたおかげで、与えられていた部屋は階段下の一番安い部屋。

ベッドだけの粗末な個室だ。だから、荷物だけとって帰ればいいかと、宿に向かったのだけど……。


「あー……。こういうことするのね」

宿の脇にあるゴミ置き場。そこにあるのは見覚えのあるルビンの荷物。

「なぁにが、英雄だよ……ったく」

ギルドではルビン不在時に散々持ち上げていたようだけど、宿ではこの始末。恐らく、部屋もとっくに解約されているだろう。

どっちにせよ、この荷物が回収できれば部屋には用もないので気にしないことにした。

パンパンと荷物のゴミと埃を払うと、肩に担ぐ。ルビンの装備は、小さな背嚢《リュック》がただ一つ。

そこには、実家から届く手紙とか、【サモナー】時代の装備品。そして、着替えが少々。

…………これがルビンの全財産だった。

Sランクパーティと言っても実態はこんなもの。

収入が多い分支出も多く、冷遇されていればさらに経済状態はよくないものだ。

「まぁ、これでアイツらの本音もわかったし。どのみち、もう二度と関わる気もないし、いいさ」

前向きに考えるルビン。

もし、荷物が大事にされていたらちょっとはエリックたちとの縁も続くかと思ったが、実態はこれだ。

サティラやメイベルも同類ということだろう。

少しは殊勝な態度を見せていたが、この捨てられた荷物を見て考えを改めた。

「ほんと、今だから言えるけど……清々したよ」

もう、これで一切の繋がりも消えた。拘《こだわ》りも、何もない。

あえて言うなら、ぶん殴ってやった拳が僅かに熱をもっており、気持ちいい。それくらいだ。

――チリィン♪

そうとも、もう1回殴ってやりたい……。それくらいの気持ちしかもう、ない。

「わかってるよ、キウィ。別にあいつらを許したわけじゃない。……本当だぞ？」

キウィが軽く腹を立てているような気配を感じたルビンは、そっと腕に巻いた鈴を撫でる。

もしかすると、エリックたちにはまだまだ甘いと言っているのかもしれない。

わかってる。わかってるさ……。

もし、あいつらが今度ちょっかいを出してきたら、さっきよりももっと激しく、凄まじくぶっ飛ばしてやるから、さ。

（……だから、今日のところはこれで勘弁してくれよ？）

ルビンは心の中で小さく謝罪すると、キウィの鈴を愛おしげに撫でた。

チリン……。

チリィン……♪

何はともあれ、明日。せっかくセリーナ嬢がランク認定試験に誘ってくれたのだ。

今後のためにも、早めに再認定してもらうのは悪くないだろう。

第19話「【タイマー】は、ギルドに顔を出す」

「ふわぁぁ……ねむ」

眠い眠いと言いつつも、昨晩はぐっすりと眠れたのか寝ぐせのついた頭でルビンは起き出した。

頭はまだまだ寝ていたいというのだが、いつもの癖で遅寝早起き。

『鉄の拳』にいた頃の働き者のルビンという生活はそう簡単に直らないらしい。

「さーて。今日は、まずはギルドに顔を出さないとな」

一日の予定を思い浮かべたルビン。なんだかんだと色々用事があるなーと思いつつ、さほど急いだ様子は見えない。なにせ、今のルビンは自由だ。

束縛するパーティもなければ、世話を焼かせるメンバーもいない。実に楽だ。

「ぷはぁ！　つめた」

水桶から冷水を浴びて洗面をすませると、荷物をまとめる。とはいっても、古い背嚢《リュック》に簡単な荷物をまとめて突っ込むだけ。武器といえば、護身用のミスリル短剣《ナイフ》くらいなものだ。

「さて、ギルドに行くとしますかね」

安宿を出ると、ルビンは一路ギルドに向かう。昨日、セリーナから呼び出しを受けていたのだ。

セリーナ嬢曰く、確かランクの再認定についてのことだと言っていた。

とはいえ、朝食として出されたカチカチのパンを齧《かじ》りつつ、特に急ぐでもなくのんびりと。

「筆記試験はともかく、実技は何をするんだろう？」

ギルドのランク認定試験にはいくつかの方法がある。

筆記試験と実技だ。

筆記試験は決まった定型のものだが、実技試験はギルド独自の認定基準がある。

それは、試合形式のものだったり、指定されたクエストの達成だったり。それらの組み合わせだったりだ。ちなみに、『鉄の拳』がSランクに認定された時は、複数のクエストの達成だった。


カラン、カラ～ン♪

「あまり無茶なものじゃなきゃいいんだけど――」

入り口のカウベルを鳴らしながらルビンがギルドに顔を出す。

一人でブツブツ言っているのを聞き止められたのか、

「――無茶な試験なんてしませんよ。ギルドの信頼に関わりますからね！」

ギルドに入ってすぐ。入り口の掃除をしていたセリーナ嬢が脇から話しかけてきた。

にっこり。

「あ、おはようございます」

「はい、おはようございます。いつも早いですね、ルビンさん」

ん。確かに早い……。

ギルドに入って見回せば冒険者の数は少なく、朝イチのクエストの張り出しも、まだやっていない。だから恒例のクエスト争奪戦も起きていないようだ。

チラリと目を向ければ、酒場の方では夜通し飲んでいたらしい冒険者が何組か酔いつぶれて高鼾《たかいびき》をかいているのみ。幸いにもエリックたちはいないらしい。

まぁ、あのケガだしね……。

混雑するでもない時間帯。ギルド内ものんびりとした時間が流れていた。

「どうもクセでさ。えっとー…………アイツらは？」

「アイツら？……あー、エリックさんたちですか？　こんな時間にいるはずありませんよ」

早朝に来るわけがないと、セリーナ嬢は言う。

……たしかに、朝イチのクエスト探しはルビンの仕事だった。【タイマー】になるまでは、だけどね。

「そりゃよかった。顔を合わせると面倒そうだ」

「それもそうですね……」

セリーナ嬢も困った顔で言う。

「あ、もしかしなくても――今日はランクの再認定の件でいらっしゃいましたか？」

「はい。帰りがけに声をかけてくれましたよね？」

昨日のことを思い出しながら言うと、

「ええ、もちろんです！…………ええっと、あのー、そのギルドに就職の件は――」

「そっちは保留で」

「あ、即答なんですね」

いや、そりゃそうでしょ。そんな大事なことすぐ決められないっての。

「はぁ……。わかりました。では、再認定についてご説明しますね。ちょうど空き時間もありますので」

「よろしくお願いします」

セリーナ嬢は本当に残念そうにため息をつくと先頭に立って歩き出す。

彼女の足音がギルドに静かに響いていた。

そう、ギルドはまだまだ動き出したばかり。忙しい時間はもう少し先だろう。

「では、こちらにおかけください」

ニッコリ。

綺麗な顔をしたセリーナ嬢。その美しい笑顔に柄にもなくドキリとしてしまった。

いかんいかん……。数多《あまた》の冒険者のむさくるしい男がこの笑顔に騙される。

彼女のスマイルはただの営業なのだ。いかんいかん……。

頭を振って煩悩を追いやると、昨日と同じ応接スペースに通され、いくつかの羊皮紙を渡される。

「ルビンさんはご存じでしょうから、ある程度の説明は割愛いたしますが、Sランクパーティから脱退しソロになりたいということでしたので、現在はギルド内のランクは白紙の状態です。そのため、冒険者活動を継続されるならば、一度ランクの認定試験を受けてもらいます」

ふむふむ。

「――当ギルドでは、筆記試験、そして実技試験を行っておりますが、筆記試験はまずこちらになります」

そう言って複数の羊皮紙を広げるセリーナ。

チラリと見ると、古代文字解読と計算問題、そして一般教養の3種類だ。

「本来、試験期間中にしか認められない再認定試験ですが、元Sランクパーティのルビンさんは実績もありますので、特別措置として実施しております。これは早馬にて取り寄せた試験問題です」

なるほど。紙の刻印には昨日の日付が。

「――非常に難関ですが、ルビンさんならきっと合格できると信じております」

なぜか、やけにルビンについて熱く語るセリーナ嬢。

それだけに、彼女が随分無茶をして試験準備を整えてくれたことが分かる。

「では、問題の傾向のみお伝えします。それを持って試験対策を行ってください。試験勉強期間を設けておりますので、試験期日は3日後に――」

「今やっていいの？」

「え、あ、はい。監督は私ができますけど――……って、ええ？　今!?」

ふーん。

「はい、古代文字解読」

「はい、スタート…………え、あ。え……？　えええ!?」

簡単な文字列の解読だったので、すぐに解けた。

次は計算問題……って、掛け算と割り算……？　え、こんなのがSランクの筆記試験??

「はい、計算問題」

「はやッ」

セリーナ嬢は目を丸くして驚いている。いや……そんなに驚くことか？

「――王都の高等学校だと入試にもならないレベルですよ？」

「えっと……。そうなんですか？」

そうなんです。

「ま、まぁ……筆記試験は落とすのが目的ではなく、冒険者として活動する上での必須学力を知るためだけですので――ごにょごにょ」

難しいぞーと、脅そうとしていたセリーナ嬢はバツが悪いのか語尾を濁す。

だけど、

「はい、一般教養《パンキョ》おわり」

「もうですか!?」

最後の問題用紙も全て記入し終えると、セリーナ嬢に渡す。

彼女が1枚目の回答を照らし合わせている間に、だ。うん。実に簡単だった。

そういえば『鉄の拳』のランク認定試験を別のギルドで受けた時もこんな感じだったっけ？

あまりにも筆記試験が簡単だったので拍子抜けした思いがある。

「うわぁ…………全問正解です」

模範回答用紙と見比べていたセリーナ嬢は驚いて口をポカンと開けている。

……んーむ。そんなに驚くことじゃないけどね。

「えっと、これでいいの？」

「あ、はい……これでいいです――えっと、学力だけでもCランクの認定も与えられますけど、どうしますか？」

え？　マジ??

「ん～……。とりあえず、実技もお願いします」

「は、はい。実技は試験官がいないと実施できないため、少し時間がかかりますがよろしいですか？」

「うん。いいよ。どのくらいかかるかな？」

さすがに実技試験まではセリーナ嬢にもできないのだろう。ちょっと困った顔で、天井を仰いでいる。

「そうですね……。Cランク相当の実技ならいつでもできますが――ルビンさん、Cランクの資格は既にありますので……」

うん……。試験問題解いただけだけどね。

「本当は筆記試験の傾向だけ示してテスト対策に数日かけてもらう予定だったんですよ。その間に試験官を探しておくつもりでしたが、当てが外れました……。即日実施できますと豪語しただけに誠に申し訳ありません。えぇ、まぁ……高等学問は履修済みとは聞いていましたが、まさか、ここまでとは――」

いや、だから、こんなの王立の学校なら入試レベル……。

「ルビンさんは、Sランクをご希望ですか？」

ふと思いついてセリーナ嬢は訊ねる。

「え？　いえ、とくに拘《こだわ》りはないです。仕事の幅が増えるなら、それに越したことはないですけど……」

「まぁ、それならやっぱりSランクが一番ですよね……」

セリーナ嬢がうんうん唸っている。それほどにSランクの承認は難しいのだろうか？

「えっとですね……。Sランクと認定するには、パーティなら指定クエストの達成か試験官との模擬戦のどちらかが選べます。そして、ソロの場合も同様なのですが……」

うん。

「そのぉ……。今すぐにSランクに認定するための模擬戦の試験官がいないのですよ」

「え？　そうなの？」

セリーナ嬢は困った顔で俯《うつむ》く。

「すみません。先日までなら、いくらでもSランクの実技試験を行うことができたのですけど……」

ん？

「どゆこと？」

「あ、いえ……。試験官がいなくなったというか、その……資格がなくなったというか……ごにょごにょ」

んんん??

「試験官がいなくなったって……呼び戻したりとかはできないの？　何て名前の人??」

「あ、その……。人物というか、Sランクのパーティでして………」

へ？

「『鉄の拳』のメンバーがつい先日まで試験官でした……」

あ。あー…………………。

「そ、そういうこと……」

「そういうことです……」

すまなそうなセリーナ嬢。そして、それ以上にすまない気分なのはルビンも同じだった。

このギルド唯一のSランクにして、近隣の武装勢力やモンスターに対する抑止力たるSランクパーティ『鉄の拳』。

どうやら、昨日ルビンと別れて早々に化けの皮が剝がれたらしい。というよりも、思いっきりぶん殴ったからなー……当分エリックたちは再起不能だろう。……物理的にも、精神的にも――。

「まぁ、しょうがないか……」

「はい。申し訳ありません。現在王都に照会をかけておりますので、すぐに回答は来るかと思いますが、今しばらくお待ちいただくか、別の実技試験として、指定されたクエストをいくつか熟《こな》していただければ、数日後にはBランクの認定が可能ですよ？　ルビンさんならすぐだと思います」

「わかりました。ゴネてもしょうがないですし、俺にSランクの称号は分不相応でしょうから、地道にやりますよ」

「こちらの不手際で申し訳ありません。ご理解いただきありがとうございま――」

セリーナ嬢が詫びとともに一礼したその瞬間。

「おい、セリーナ！」

そこに不躾《ぶしつけ》な声が降りかかる。

なんとなく嫌な気分でセリーナ嬢とともに振り返ると、

「あ、マスター」「あ、ハゲ」

「誰がハゲじゃ!!」

筋骨隆々のギルドマスター。

見まごうことなきハゲ。じつに立派なハゲだ。

「いや、アンタだよ。立派なハゲ」

「おう、ありがとう――って、ハゲてねぇ!!」

「いや、ハゲてますよ」

天然に返すセリーナ嬢をギロリと睨むハゲ……もといギルドマスター。

「ハゲじゃねぇ!!」

「さーせん」

「口の利き方ぁぁぁあ！」

セリーナ嬢はそっぽを向いて謝っている。

どうやら、このハゲ……「ハゲてねぇ!!」――ギルドマスターは、案外人望がないらしい。

それに先日の件でセリーナ嬢からの信頼も大幅ダウンなご様子。まぁ、エリックたちの口車に乗ってルビンの話を聞かなかったクソ野郎だ。セリーナ以上にルビンだって腹が立っている。

――そのハゲ頭をスパーン!!　と叩《はた》きたいくらいには。

「…………それでなんスか？　今、大事な話をしているんですけどぉ？」

セリーナ嬢の非難がましい声にも気づかないのか、ギルドマスターは不敵な笑みを浮かべると、

「ランク認定試験の話をしていただろう？」

「え？　はぁ、まぁ……」

セリーナ嬢は全身全霊で面倒くさいといった雰囲気で答えている。

だが、空気の読めないギルドマスターはニヤリと笑うと言った。

「俺が試験官をやろう」

第20話「【タイマー】は、実技試験に臨む」

「マスターがぁ？」

眉間にしわを寄せたセリーナ嬢が胡乱《うろん》な目つきでギルドマスターを見ている。

その目は「アンタごときに何ができるってのよ」といった風に見える。

「なんだ不服か？……ていうか、お前な。先日から口が過ぎるぞ！」

「いえ、別に……」

ヤレヤレといった様子でセリーナ嬢が肩をすくめる。

「えっと、セリーナさん？　大丈夫なんですか？　マスターで……」

「そうよ！　俺がやってやる。——おい、ルビン。感謝しろよ、俺が直々に試験官をやってやるんだ」

「……そりゃ、どーも」

いかにもルビンを舐めたような目つきに少々イラつくものの、ルビンはなるべく顔に出さないようにした。

「たしかにマスターは元Bランクなので、Bランク昇任の試験官くらいはできるでしょうけど……」

「馬鹿を言え！　俺がBランクだぁ？　そりゃ、ギルドの等級で分けた場合の話さ」

そう言って腰から、妙な棒きれのようなものを取り出すと、

「見ろ！　この俺の腕前を!!」

ビュン────ジャキジャキジャキジャキン!!

(これは……)

いくつかの節に分かれた棒ッきれが、腕を振るった反動で引き延ばされ、内部に仕込まれていた鎖とともに一本の長い棒へと変形する。

「三節棍《さんせつこん》か……」

それは鎖でパーツごとに繋がれた特殊武器、『三節棍』だった。

一目で武器を見抜いたルビンに、ギルドマスターはギョッとしたようだが、すぐにその表情を取り繕うと、

「よく知ってるな！　コイツでお前を冥土に送ってやるぜッ」

「送ってどうすんですか!?　試験でしょうが！」

ゲシッ！　とセリーナの蹴りが尻に突き刺さるマスター。

奴がルビンのことをどう思っているかよくわかる言葉だった。

(なるほど。エリックたちを利用して名声を稼ごうとしたけど、俺のせいで当てが外れたってとこか……)

……逆恨みもいいとこだぜ。

まぁ、もっとも──。

「(俺にとっても都合がいいぜ)　ボソっ」

ニヤリと人知れず笑うルビン。また、体中に血肉が沸き立つような気配がする。

「くくく。昨日はエリックたちを卑怯な手で倒したみたいだが、俺はそんなに甘くないぜ！」

ギルドマスターは慣れた手つきで三節棍を操り、ブンブンと頭の上や身体の前、そして斜めや後ろと次々に位置を変えて振り回すと、最後にパシィ!! と脇の下に挟んで止めた。

そして、よくわからないポーズを決めると、

「元Bランク冒険者——そして、現ダンジョン都市ギルドマスター、棒使いのグラウスとはぁぁ……!! あ、俺ぇのことよぉぉおお！」

いよぉぉお……ぺぺん！

(ぼ、棒使い…………)

「ダサっ」

「セリーナさん!?」

ちょっとぉぉ、口が過ぎるよ？ ルビンも思っていたけど、さすがに口には出していない!!

「お前！ さっきから口が過ぎるぞ!!」

「さーせん」

うっわー……セリーナさんてこんな人だっけ？

何か先日より、随分とギルドマスターに対する扱いが酷くなっている気がする。

「ったく……。ま、というわけで、俺の実力はわかっただろう？」

——いや、わからん。

「い、いいんですか、マスター!? その…………ルビンさん、すごく強いですよ？」

「バーカ。お前は人を見る目がないな。ルビンごときがドラゴンを倒したなんて話を本気で信じてるのか？」

ギルドマスターはやたらと上から目線でルビンと……そしてセリーナ嬢を挑発する。

「し、信じるも何も、事実ではないですか？　それに、正式な試合でないとはいえ、昨日ルビンさんは『鉄の拳』の中心メンバーであるエリック氏とアルガス氏を圧倒していましたよ？」

そう。それこそ衆人環視の目の前で、だ。

「ふん。あんなものは、コイツが疲れ切ったエリックたちを不意打ちしただけだ。本来ならエリックたちが負けるはずがない」

「いや、2対1で不意討ちも何も……」

セリーナ嬢はなおも食い下がろうとするが、ルビンとしては少々余計なおせっかいだった。

「いいよ、セリーナさん。せっかくマスターが試験官を務めてくれるっていうんだ、ありがたく手合わせしてもらうよ」

「ですが……」

「いいから、セリーナ。お前は引っ込んでろ。これは男同士の戦いだ、…………そうだろルビン」

「そうかもね」

ニヤけた表情を崩さないギルドマスター。随分と自信があるらしい。

「くひひ。その言葉に二言はねーな？　とっとと、やろうぜ！　ブッ殺……おっと、実技試験をな」

「もちろんさ、自称B級以上だっていうアンタの腕前――……見せてくれよ」

ルビンの軽口に、ビキスと青筋を立てたギルドマスター。

「ほ、ほう〜、凄い自信だな。い、いいだろう、来いよ」

そう言って棒を担いだままギルドマスターは先頭に立って歩いていく。

のっしのっし……。

(望むところさ)

正直、このギルドマスターの野郎の依怙贔屓《えこひいき》には少々――……いや、かな〜り腹が立っている。だから、ギルドマスターとの模擬戦と聞いて――実は顔が笑いそうになるのを抑えるので必死だった。

――だってそうだろう?

ギルド認定の模擬戦ってことはさ……。合法的にぶん殴っていいってことだろぉぉお！

「あはっ」

人知れず笑いを零《こぼ》したルビン。

ついていった先は、ギルドに併設されている冒険者用の訓練施設だった。

ギルドマスターは訓練場のど真ん中に立つと、周囲を見渡して満足げにルビンに告げる。

「ここなら広さも十分。ランク測定の器材も揃っているぜ。どうだ？」

「ふーん」

ルビンには、この場所の使用経験はほとんどなかったが、存在自体は知っている施設だった。

たしかに、設備が揃っている。壁際には模擬刀や、鏃《やじり》のない弓矢、綿を詰めた木槍等が並べられている。

その上、壁は完全防音で攻撃遮断結界つき。これだけなら、王都にも負けず劣らずの設備だ。

……さすがは辺境のダンジョン都市のギルドだけある。

「ほら、好きな武器をとりな。俺はコイツでいい」

「いいよ。武器なんて必要ないよ」

ルビンはいつも通りの格好で、ダランと立っているだけ。

「あぁん!? 【サモナー】でもないテメェが、武器もいらねぇだとぉ!? あの犬ッコロは守ってくれねぇぜ！」

「犬ッコロだと……」

チリィン♪

「は！ 舐めるなよ。お前はどう思ってるが知らんが――」

ブン!!

ギルドマスターが棒を地面に叩きつけると、ドカァッァアアン!! と、むき出しのそれが爆発したようにめくれ上がり小さなクレーターができる。それを見せつけ、ニィと笑うギルドマスター。

「どうでぇい。俺の実力はSランクに匹敵するんだぜ」

「…………犬ッコロって言ったか？」

ピキ……！

「あんだぁ!?」

ルビンの静かな殺気にも気付かず、ギルドマスターは斜に構えている。

なるほど……たしかに膂力《りょりょく》だけなら『鉄の拳』一の怪力の持ち主――アルガスのそれをも凌

ぐかもしれない。……だがそれだけだ。

「セリーナさん、なんでギルドマスターはBランク止まりだったんです？」

「え？　あ、あー…………。そ、それはその、」

何か事情を知っているらしいセリーナ嬢は、気まずそうに顔を伏せると、ルビンにだけ聞こえるようにボソっと呟いた。

「…………筆記試験に受からなかったんですよ」

あー……。

「ぷっ」

思わず噴き出したルビン。散々偉そうに威張っておいて、Bランク止まりな理由はそれか……。

「仲間とか募《つの》ってパーティは作らなかったんですか？」

そう。『鉄の拳』のように、パーティを組んで、苦手な分野を補い合ってSランク認定を受けるという手もある。

そうすれば、一人だけでも筆記試験を通る実力があれば晴れてSランクを名乗れるのだが……。

そう。ルビンが『鉄の拳』の筆記試験を肩代わりしたように。

「――あの性格ですからね、パーティ組んでくれる人がいなかったそうです」

…………うわー。

それは悲しすぎる。

「やかましいわ!!　グチャグチャくっちゃべってないで、セリーナ！　お前はそこで、勝敗の判定をしろ!!」

「はいはい」

心底面倒くさそうにセリーナ嬢は一歩引いて試合の立会人を務める。

「しっかり審判しとけよ」

「…………わかってますよ」

セリーナ嬢はため息をつきながらも、仕事人の顔になると図版を取り出し、昇任試験の立会人を務め始めた。

第21話「【タイマー】は、圧倒する」

「ルールは？」

ルビンは警戒も何もなく、ただボンヤリと突っ立っている。

ギルドマスターの目からも、隙だらけに見えるだろう。

「ルールだぁ？　決まってんだろ――どっちかがぶっ倒れるか、再起不能になるまでよ‼」

どっちも同じだろうが……。

「あっそ、それでいいぜ」

「ぐひひ、それだけじゃないぜ――。Sランク認定してほしいんだろ？　だったら……」

場外なし。

降参なし。

タイムアップなし。

「――で、どうだ？」

「いいよ」

「ちょ！　そんなのギルドの規定に……！」

「黙ってろセリーナ！　ルビンがいいって言ってんだよ。しっかり発言を記録しとけ」

「く……！」

セリーナは無茶苦茶な内容に苦言を呈したかったようだが、如何《いかん》せん彼女は一職員。

ギルドマスターの身勝手とはいえ、面と向かって反抗するほどの違反があるわけでもない。

そして、何よりギルドマスターの提案した実技試験の内容に、ルビンが異議を唱えなかったのだ。

「セリーナさん。俺はいいから、離れててください」

「で、ですが――」

なおも食い下がろうとするセリーナだったが、ルビンは軽く笑ってセリーナを遠ざける。

「さぁて、そろそろおっぱじめようか。かかってきな、ルビン!!」

「はは。もちろんだよ」

ざわざわざわ……。ルビンの体内を巡るドラゴンの血肉が戦いへの歓喜に沸き踊る。その感覚に逆らわずに、ルビンはむしろ血への渇望へ身体を任せる。

――ニィィ……。

「見せてもらおうか――自称Sランクの腕前とやらを!」

「ハッ! ほざけ、雑魚――」

ふんッ!!

ルビンが遠慮なしに威圧感を周囲に放つ。先日は抑えていた力も事ここに至って隠す理由もない。

そして、ギルドマスター直々に腕前を見てくれるというのだ。楽しみじゃあ、ないか!!

それに、こいつにはエリックたちと違って恩も義理もなければ、……恨みしかない!!

「なん、だと……!」

ルビンから放たれる威圧感に、ギルドマスターが初めて焦りの色を見せる。

一応は武闘派なだけあって、ルビンから放たれる威圧感を感じ取ったようだ。一方でセリーナが特に気にしていない様子を見るに、武闘家だけに分かるオーラなのかもしれない。

「おま！　そ――」

「かかっていいんだろ？　行くぞッ！」

ドンッ!!

訓練場の床に小さな穴を穿《うが》ってルビンが飛ぶ!!　いや、とんだつもりはない。ただの踏み込みだ！

「しゅ、縮地《しゅくち》!?」

縮地？

「違う、今のは縮地じゃない。ただの踏み込みだ！」

な、

「なんだとぉぉぉおおお!!」

ルビンの高速の踏み込みに何とか反応したギルドマスター。自称Sランクは伊達ではないようだ。

だが、

「それでSランクとは片腹痛いわッ!!」

乱暴な口調で、拳を振り抜くルビン!!

「ぐぁ！」

ギリギリでその拳を三節棍で受け止めたギルドマスター。その瞬間、奴の身体がインパクトを受けて衝撃が体内に飛び込んでいくのが見えた。それが駆け抜けた瞬間、奴の身体は爆散するだろうッ！

あ、

「ルビンさん……。殺しちゃだめですよ？」

な、

「な、なんだって!?」

何気ないセリーナの一言に、ルビンが顔を引きつらせる。

その瞬間もギルドマスターは攻撃を受け止めるのに精一杯だというのに……。こ、殺すなだって？

「そりゃ、ちょっと難しいぞ……！」

「ぐばぁはぁぁぁあああああああああ!!」

殴り抜く寸前でルビンは拳を引き、飛び下がる。それでようやく威力が半減。

ギルドマスターはグルングルンと回転し、地面に数回バウンドして壁に突入した。

ズドォォォォオオオオン…………！　――パラパラパラ……。

「せ、セリーナさん。そういうことは先に言ってくださいよ」

「いや、わかるでしょ!?」

ルビンの抗議にセリーナ嬢が頭を抱えている。

「っていうか、殺すつもりだったんですか？」

「え？　っていうか、殺すつもりじゃないと思ったんですか？」

どっちもポカンと顔を見合わせる。

ルビンも殺すつもりがあったかと言えば微妙だけど、結果そうなっても仕方がない。

だって、ギルドマスターはルビンを殺す気満々だったし……。

「なんでアンタたちは、そう短絡的なのよ!!」

「殺す覚悟で来られたらしょうがないじゃないですか……」

パラパラ……。

「ぐぐぐぐ……。てめぇ、て、手加減してやったら調子に乗りやがって」

あ、生きてた。

「いや、別に……?」

手加減してやったのはコッチなんだけどなー。

「も、もう勘弁ならねぇ！　こっちも奥の手じゃい!!」

え、もう？　っていうか、奥の手……？

「くくくくく。この訓練場にはあるんだよ、こういった卑怯者の力を奪う術がな――」

壁際にいたギルドマスターが近くにあったスイッチをバンッ！　と、叩くと、部屋全体にブゥン……と低い振動音が流れる。

「ちょ！　ま、マスター！　それは!!」

「黙ってろ、セリーナ!!　言ったはずだ、何でもありだと――」

ブゥゥゥゥウン……。

「ん？　これは……」

弱体化魔法《デバフ》？

「くひひひ。ぺっ。気付いたか？　そうよ、これは訓練場でのハンデを生み出すための装置。テメェの卑怯な手管に対応して使ってやるぜ！」

いや、卑怯てアンタ……。俺はなんもしとらんがな。

「さぁ、これで互角以上だ！　行くぞ、ルビィぃぃぃぃぃいいいン!!」

ドン！　床を蹴立ててギルドマスターが突進する。速さも申し分ないし、何より部屋にかかった魔法のせいで、ルビンの動きが阻害される――……ほんの少しだけね。

「いや、遅いよ」

ドラゴンの血が身体の中を高速で循環していく。それは魔法効果を中和していくだけでなく、徐々にルビンの身体のピッチを上げていく。

だがそれ以上に……。

「弱体化魔法だか何だか知らないけど、そんなもんあってもなくても、アンタは雑魚だよ」

高速で突き出された三節棍の直突!!

「ほざけぇぇええええええ!!」

直撃すれば身体を貫通してしまいかねない威力だけど。

トンッ。

「コイツで十分だ！」

「んな!!」

ルビンは指一本でギルドマスターの直突を受け止めると、その光景にギルドマスターが驚愕

う。

せっかくだから、ドラゴンの心臓を食らってどれほど強くなったか試してみるのもいいだろ

だからどうした？　こんな奴を相手に「タイム」を使う必要もないな。

どうやらギルド職員にはかからない工夫があるらしいが……。

さらに施設全体の魔法が強化されていく。

ブゥゥゥゥウウウン……!!

「ま、まだまだ!!」

に目を見開く。

コキ、コキッ。

ルビンは首を鳴らし、そっと指を離してギルドマスターの直突を受け流すと、奴の身体が横に流れていくのを軽くいなす。

無防備な側頭部が真横に来たので、そこに肘鉄をかるーく当てる。

「えぼはっ!!」

かるーく、ついただけでギルドマスターは大げさにぶっ飛んでいく。

「ふむ……。身体のキレはいいな」

一応貴族として最低限の体術も剣術も修めているルビン。このくらいどうとでもなかった。

「さ、まだまだいくだろ？　徹底的に付き合ってもらうぜ、マスター」

「こ、この野郎……。な、なんか卑怯な真似を使ってるな!!」

いや、なんも？

「嘘つけ！　この野郎……。目にもの見せてくれるわ！」

ビュンビュンと頭の上で三節棍を回すと、回転速度で威圧するつもりだ。

だけど、

「その動きになんか意味があるのか？」

こういう、カッコつけただけの動き……バカじゃね？

「うるさい!!　手も足も出ないくせにいい気なもんだぜ」

ルビンが棒の動きに幻惑されているとでも思っているのだろうか？

「今度は俺の番だぁぁああ!!」

「んなもん、ねぇよ」

一体いつになったらギルドマスターのターンは来るのだろう。

さっきから常にルビンのターンだ。まさにエンドレスターン。

「ほいほいほいっ」

「このこのこの！」

最低限の動きで躱《かわ》すルビンに、無茶苦茶な軌道で三節棍を突き出すギルドマスター。

あまりの単調なソレに、セリーナ嬢が欠伸《あくび》をかみ殺している。たしかに、つまらない……。

「く、くっそー……！　ボケクソ雑魚の荷物持ちの分際でぇぇえ、Sランクパーティに入って調子に乗りやがってよぉ……！」

「いや、もう抜けたよ？　だから、ソロ認定の試験を受けてるんだろ？」

「うるさい!!　雑魚はどこまで行っても雑魚なんだよ！　荷物持ちは黙ってぶっ殺されろ!!」

無茶苦茶言ってんなコイツ。っていうか、口軽いなこのオッサン。

適当に挑発すれば色々吐いてくれるんじゃないか？

「荷物持ちっていうけど、俺の仕事はそれだけじゃ、ないっつの……」

セリーナ嬢に指摘されるまで気付いていなかったけど、ルビンはじつに多くの仕事をこなしていたらしい。それこそ、ギルドの上層部が喉から手が出るほど欲しいと思うほどに……。

だが、それを理解できない脳筋ギルドマスター。

「何《なあに》が仕事だ！　クエスト受注や、その下調べくらい、誰にでもできるわ!!　お前は雑魚のくせに、俺が入れなかったSランクパーティに寄生しやがってよぉ！　前々から気に食わなかったんだ!!」

いや、そりゃ逆恨みだろ。

「――ようやく、【サモナー】から雑魚クソ天職に落ちたかと思えば、ダンジョンからノコノコ帰還しやがってよぉ!!　おかげでエリックたちに肩入れした分、俺は大損だ!!　全部、お前のせいだぞ!!　責任取れこらぁぁあ！」

「責任だぁ？　何言ってんだアンタ??　その雑魚にやられるSランクパーティに肩入れしたアンタが悪いんだろ？」

大振りな一撃を指先で逸《そ》らして軽く回避。

「うるさいゴミクソ野郎!!　俺が叩き潰して、Bランク以下のカスCランク……。いや、ゴミ溜めのFランク認定してやらぁぁあ！」

ブンブンブン!!

無茶苦茶に三節棍を振り回すギルドマスター。

色々鬱憤が溜まってたのはわかったけど、ルビンからすればただの八つ当たりだ。

「ぐけけけ！　て、手も足も出ねぇか！　【サモナー】でなくなったお前に、俺に勝てる道理なんてねぇ……。ひひ、知ってるか？」

「あ、何を？」

ルビンの気を引いたことに気分を良くしたギルドマスターがニヤリと笑う。

「ぐひひひひぃ。エリックに転職神殿を紹介したのは俺さ。要職に就いている人間以外は実質不可能だからな！　おかげでお前の犬ッコロがよゲヒァ!?」

なん、だと…………。

「いがががががが……!!」

ギルドマスターの顔面をグワシと摑み取ったルビン。

だが、それよりも何よりも、ルビンの今のその表情といったら!!

「ひぃ」

セリーナ嬢が驚いて腰を抜かしている。

ギルドマスターに至っては至近距離でその怒気に当てられ失禁していた。

いや、そんなことはどうでもいい。そんなことより、エリックに転職神殿を紹介しただと…………。

「おい、もう1回言ってみろ――」

詳しくな……!!

第22話【タイマー】は、激突する

「いだだだだっだだだだ！　割れる割れる!!」

ルビンのヘッドロックを食らい、呻《うめ》くギルドマスター。

だが、許さん。

「聞き捨てならねぇことを言ったよな、テメぇ……」

転職神殿を紹介したのが自分だと、このギルドマスターは言った。

「な、なんななな、なんの話だ、いだだだ、いだい!!」

メリメリメリ……。

ドラゴンの力を得た常人離れした膂力《りょりょく》で頭蓋骨を圧迫すると、ギルドマスターの鼻からツツーと鼻血が零《こぼ》れ落ちる。それでも、力を緩める気はなかった。

「ぐぐぐ……。くそぉ……！　え、エリックがテメェを嵌《は》めたいみたいだったから、そりゃ～手助けしてやったんだよ!!　お前みたいな、雑魚一匹とSランクパーティへの貸しだ。比べるべくもない！」

そういえば、最初からコイツはエリック側だったな。ルビンの言うことは端《はな》から聞かず、エリックが正しいと決めつけていたし、ギルド内でのリンチにも見て見ぬふりをした。

……まぁ返り討ちにしたけど。

「嵌める、だぁ？　何の話だ？」

「ひひゃははは！　おめでたい野郎だぜ……！　転職の失敗が、ただの偶然だと思ってるのか？」

な、なに⁉

「ぐひひひ。転職の手配も俺がしてやったのよ――その上で」

メキョ――！

「プビ⁉」

「あ」

一瞬、ルビンの中で何かが弾けた。怒りとも、悲しみとも、憤りともつかぬ感情のそれ。

ただ、心の中にあった彼等を信じたいという僅かな何かが……。

(エリック……！)

ギルドマスターの話が本当なら、【サモナー】から【テイマー】に……そして、【タイマー】に転職をしたあの時の誤字は偶然じゃないということに……。

(エリック‼)

チリン……♪

腕に巻いた鈴が寂しげに鳴り、ルビンはハッと正気を取り戻す。

危ない危ない……。あやうく握りつぶすところだった。

「ぐべ……。こ、ここここ、この野郎……荷物持ちのクズのクセにぃぃぃ……‼」

ドクドクと鼻血を吹き出したギルドマスターが床に膝をつき、荒い息でルビンを睨みつけている。

「…………転職の手引きはテメェの仕業なんだな？　――なら」

「なんだ、この!?」

ルビンの暗く曇った顔にギルドマスターは怯《ひる》んだ様子を見せたが、所詮はSランクパーティの寄生虫だという認識が抜けないらしく、とことんまでルビンを侮っていた。

「…………転職を失敗し、【サモナー】としての力を失ったのは偶然じゃないってことかよぉ？」

「はッ!!　俺が知るかッ。しゃらくせぇ!!」

片方の鼻を押さえて、プピッと鼻血を吐き出すと、ギルドマスターは猛然と起き上がる。

「ここからが本気だ!!」

腰の物入れから小瓶を取り出すと、一気に呷《あお》るギルドマスター。

「ぐひひひひ！　お、おおお、俺を本気にさせたなぁぁあ!!」

「話は終わってないぞ。……ん？　——これはポーションか？　いや、この匂い」

カランと、投げ捨てられた小瓶にラベルはない。だが、この特徴的な匂いは知っている。

「ひひひ。気付いたか？　これで勝ちは決まりだぜ！　命乞いの言葉を考えておくんだなあぁっぁあ！」

グイっと、口を拭ったギルドマスター。その瞬間、筋肉がみるみるうちに盛り上がる。

「ちょ、ま、マスターまさか!!」

セリーナ嬢が異常に気付いて尻餅をつく。

「……強化薬《ブースター》を使ったみたいだね」

ソッとセリーナを抱えると、安全圏に避難させるルビン。

そして、あっという間に戦場に舞い戻ると、ギルドマスターに相対した。

「ふーっ、ふーっ、ふー……！　ぐは！」

モリモリと盛り上がった筋肉に埋もれるギルドマスター。

見た目で1.3倍くらいに体積が膨張していた。

「──その薬は違法じゃなかったのか？」

「抜かせッ！　ただの薬物検査だよぉぉお!!　ギルド職員の特権だぁっぁああ！」

マンドラゴラ、千年草、世界樹の朝露、エルフ鹿の麝香《じゃこう》等、様々な材料を組み合わせて作られる魔法薬。

その中でもトップクラスにヤバいのが、この強化薬だ。使用すれば、戦士の力を増大させ、魔法使いの魔力を増幅する。文字通りの強化薬。だが、材料のいくつかが違法な薬物であるため、一般では使用を禁止されている薬だった。しかし、抜け道もあるらしい。

（なるほど……）

取り締まり側のギルドならこれらを検査する役目を担っている。

一応、ギルド職員が使《検査する》う分には合法だということ。

だけど……、

「──行くぞルビぃぃぃいいいいいいいン!!！」

ズズドォォオン!!

さっきまでとは比べ物にならないくらい素早い動きとパワフルな機動!!

そして、暴力的なまでに膨れ上がった攻撃力!!

それでも——……。

それでも!!

「うおりゃぁっぁぁあああああああああ！　——死ね、ルビンっ」

はっ…………。

「それでもぉぉぉお!!」

ミシミシミシ……。

ルビンの足の筋肉が膨らみ、ズボンを破って露出する。

「…………数字《ギルドマスター》のゼロには、何を掛けても——」

「どっりゃぁぁぁああああああああ!!」

すぅ、

「——ゼロ《雑魚》なんだよぉぉぉおおおおお！」

三節棍の一撃がルビンに降り注ぐ——が、それを真っ向から迎撃するルビン!!

ドカァァァアアアアン!!　と、空間が爆発する衝撃が起こる!!

「きゃあああ!!　げほげほ！」

もうもうと土埃が立ち昇り、セリーナ嬢が悲鳴とともに咳き込んでいる。

そして、激しい騒音に早朝クエスト争奪戦にやってきた冒険者たちが何だなんだと、様子を見に来始めていた。

薄《うっす》らと土埃が晴れた中に立っているのは、ギルドマスター。

肩で息をしながら、キョロキョロと——。

「や、やったか…………!?」

はい。

「それフラグだから」

「んな!?」

ギルドマスターの正面。大量の土埃の立ったそこにルビンが敢然と立っていた。

それも傷一つなく…………。三節棍の先端を握りしめ、圧倒的強者の風格で!!

「ば、ばばばばばっばばばば、ばぁかな!!」

「馬鹿はアンタだよ」

……立ち合いをして、強化薬を飲んだくらいでどうにかなると思ったのか?

「まだ、話は終わってねぇぞ……──」

転職の失敗。そして、その理由……!! キウィの仇──!!

知ってることは話してもらおうかッ。──じゃないと、キウィが浮かばれないだろう!!

「ま、ままっまま、待て!! タンマタンマ!!」

は?

「セリーナ、タンマだ! いったん中止!」

「え? いや、は?」

セリーナ嬢もポカンとして見ている。

そして、野次馬に現れた冒険者たちも状況が分からず顔を見合わせている。

彼等の目にはみっともなく悪あがきするギルドマスターの姿が見えていることだろう。

「いや、タンマってあんた……」

「うるさい！　黙れ!!　俺が試験官だぞ！　俺がタンマと言ったらタンマだ!!」

そんなん聞くわけねーだろ!!

「お、大人しくしてろよ！　試験を失格にしてもいいんだぜ！」

「ち……」

「そこで待ってろ!!　部屋に武器を取りに行ってくる!!」

そう言い捨ててギルドマスターは、バヒュン!!　と、訓練場から飛び出していった。

…………………………あいつ、マジか？

ポカーンとしたのは、ルビンと、セリーナと、冒険者たち。

彼等が見守る中、対戦者に背を向けて一目散に駆けていくギルドマスターの姿。

それを見た観衆の感想は、一言。

「「「かっこわりー……」」」

ルビンも一時の激情が抜けて、白けてしまった。だが、聞き出したいことがあるのも事実。

平時に問い詰めても答えないだろうし、今がチャンスと言えばチャンス。だが、それにしたって……。

「…………いいんですか？　あれ」

「えっと……。い、一応規則上は問題ないですね」

セリーナ嬢が苦々しく答えている。別に彼女が悪いわけではないんだけど、ギルド職員という立場上、彼女もギルドマスター側だと思われても仕方がない。

すみません、すみません。と平身低頭して謝るセリーナ嬢を見ていると、逆に可哀想だ。

「いいですよ。マスターが何をやっても負ける気はしませんし」

「ですよね～……」

正直、想像以上に『雑魚』だった。あれはやっぱり、「自称Sランク」だな。実際の腕前はB級に毛が生えた程度だろう。

そこにようやく帰ってきたギルドマスター。なんか、いっぱい担いでるし……。

「はぁはぁ、ま、待たせたな!!」

「で、……再戦オーケーか？」

「あ、あああああ、当たり前だ!! お前が卑怯なことをするから、準備に戻っただけだ!!」

あっそ。何が卑怯なのか知らんけど。

「ぐひひひ。こ、今度はそう簡単にいくと思うなよ！」

ガシャーン！ と、鉄仮面をかぶり、ミスリル製らしき鎖帷子《くさりかたびら》を着込むと、2連装クロスボウを構えて、おまけにと自動戦闘人形《オートマタ》を従えていた。

完全武装。

もはや『ルビン絶対殺すマン』になって再戦するらしい。っていうか、自動戦闘人形とかありかよ……。

「えっと……。試合中に退席したり、途中で武器を持ってくるのってありなの？」

「き、規則上は…………お、オーケーです」

セリーナさんがプルプルと引きつった顔で答えている。

ギルドマスターの余裕のなさとなりふり構わぬ様子に眩暈《めまい》を起こしそうになっているようだ。

いくらギルド側がやることといっても限度があるだろう。

「当たり前だッ！　俺がいいと言えばイイし!!　ダメと言ったらダメだ！　そ・れ・がルールだ!!」

無茶苦茶やんけ。

だけど……。

「――だけど、アンタ言っちまったなぁ…………？」

「ああん!?」

そう。ルビンは聞いた。セリーナも立ち会った。

「………この試合――どっちかが倒れるまでだったな？」

「おうよ!!　クソ雑魚を地べたに這いつくばらせてやるぁぁッ！」

ほう。言うねぇ……？

(上等じゃねーか……)

どうやってもルビンを殺したいらしい。

ならばこっちももう遠慮はしない。どうやらコイツも転職の失敗に絡んでいるらしい。

そのせいでルビンは不遇な目に遭い…………キウィを失った。大事なものを失ったんだ――。

ならば、同じ目に遭わせてみせようか？

大事なものを失うことの痛み……。その一端でも知るがいい――。

そしてギルドマスターは言った。言ってしまった、

「――…………試合中でも、なんでも。アンタがイイと言えばイイし、ダメと言ったらダメなんだろ？」

「当然だ!!」

はい。オッケー。言質《げんち》取った。

観客もセリーナも聞いただろう。これで十分だ。

「――その言葉を待っていたんだよ」

「ああ!?　生意気な野郎だ……！　予備の強化薬と、完全武装の俺に敵《かな》うと思うなよ!!　【サモナー】でもなくなったお前なんか、鼻息一つでポンだ！」

ゲハハハハハハハハハハハハ！

「お前みたいな【テイマー】の成りそこないが、このSランク相当のギルドマスターの俺に勝てるわけがねーーーーーーだろぉぉぉぉおお!!」

「はっは～ッ！」

……言うねぇ。ならば、見せてやるよ。その【テイマー】の成りそこない。

【タイマー】の本領を――見せてやるッッッ!!

「死ねッ!!　ルビ」

「――タイム！」

第23話「【タイマー】は、ぶっ潰す」

「──タイム!!」

ぴた────……。

「「「へぇ!?」」」

大勢の観客が見守る中、動きを止めたギルドマスター。

「え？　あの……」

そして、ルビンはといえば、ギルドマスターに背を向けスタスタと……。途中で一度立ち止まると、

「あ、セリーナさん。ギルドマスターの部屋ってどこ？」

「は？　あ、あー……2階の奥です」

「どーも」

ニッコリ。

「は、はぁ？　あの、どこへ……？　まだ試験中──」

ニチャァ……。

「ちょっと、ギルドマスターの部屋へ」

スタスタスタ。

ポカーンと、全員が見守る中。ルビンはまったく平静の態度で訓練場から出ていってしまった。

そして、皆の視線がくるーりとギルドマスターの方を向くと、

「な、なんでアイツ硬直してんの?」

「あれどーなってんだ?」

「い、息してねーぞ!?」

「うそ、死んでる……?」

死ね、ルビぃぃぃぃぃいいいン!! の表情と格好のまま硬直したギルドマスター。

ピクリとも動かない。それはあたかも……。

「じ、時間が……」

「止まってる――?」

ザワザワと騒ぎ出した野次馬の冒険者連中。なかには先日の『鉄の拳』とルビンのトラブルを目撃していた者もいたのだろう。だから、改めて見るルビンの御業《みわざ》に驚愕しているようだ。

ざわざわ
ざわざわ
徐々に増え始める観客。

野次馬、好奇心、後学のため――。

そして、

「…………これは、やっぱり時間魔法――ど、どうしてルビンさんが」

わなわなと震えるセリーナ嬢。彼女は何か知っているようだ。震える口の中で、小さく
「禁魔術《タブーマジック》……禁魔術」と呟いているようだ。

そこに、

「お待たせー……」

ふぅ、よっこらせっと、オッサン臭い口調で帰ってきたのはルビンその人。

「いや～……色々あったけど――」

ニッコリ。

「――とりあえず全部持ってきた」

すごくいい笑顔で笑うルビンがそこにいた。

※　※

「ぜ、全部って…………え？　それ、マスターの部屋の……」

「うん。なんか高そうなものとか、貴重そうなものとか、アイツが机に隠してたものとか目ぼしいものは全部！」

ニッコリ。

「『――全部！　にっこり』じゃないですよ!!　それ、あれですよ!!　その壺ぉ！　確か、金貨50枚はするとか言ってマスターがすごく大事にしてましたよ！」

「え？　これ？　ただの壺じゃないの？」

「ち、ちちちちち、違いますよ!!　帝国の植民地で作られた貴重なものらしくて、その壺のために皇帝が彼《か》の地を征服したとまで言われる幻の――……」

やたらと詳しく解説してくれるセリーナ嬢に感謝しつつ。

「ふーん。じゃ、1個目はこれね」

「は？　1個目って……え？」

ルビンは、ギルドマスターの前に壺を持ってくると慎重に角度を調整。

地面に置いて、ギルドマスターの攻撃の直撃地点を予想すると――。

「うーん、この辺か？」

「ちょ……。ちょっと、なにやってるんですか？　その壺は高価で希少なもので、壊したらとても弁償できませんよ？」

あわあわとパニクって、セリーナが壺に駆け寄ろうとするも、その前にデーンと荷物を置いて通せんぼする。

「ちょ！　ルビンさん！…………ってこれ？　全部マスターの私物とかぁぁああ!?」

ギルドマスターの部屋にあった目ぼしいものを絨毯にくるんで持ってきた！

それをどうするかって？　決まってるだろう……。

「セリーナさん、安心してよ。俺が壊すわけじゃないから、弁償しなくていいよー」

よいしょっと、ここかな？　ジャストミートな感じ。

「死ね、ルビぃぃぃいいいいン」の表情からの憤怒の一撃。三節棍が直撃するそこに――――……

高そうな壺を置いた。ニッコリ。

「じゃあ、始めようか。ギルドマスター、グラウス!!」

パチン。

……………そして、時は動き出す。

「――死ね、ルビぃぃぃいいいいいいン！！！！」

ギルドマスターの時が戻り、凄まじい一撃がルビンを――……もとい、マスターの大事にしていた壺に命中！！！

どがぁぁぁああああああああん!!

パリ――――――――ン。

「やった――――って、壺ぉぉぉぉおおおおおおおおお？？！！」

強化薬で増大したパワー！

そして、さらに追加で飲んだであろう強化薬の過剰摂取により、２倍以上の威力に向上したギルドマスターの一撃が高価な壺を強襲しぃぃぃいいい――粉々に打ち砕いた！！！！

「ひぃぃぃぃぃいいいいいいいいい！！！！　俺の壺があっっぁぁあああ!?」

ガビーン！　と音がしそうなくらいに顔面を蒼白にし、ギルドマスターが固まっている。

あの一瞬で破壊してしまったのが壺だと気付いたのは見事。

御見事!!

だけど、なぜここに壺があるのかまでは理解できない。

できないから追撃する!!

「なんで壺がぁ!?　このぉぉぉおおおルビぃぃぃぃいいいいいン!!」

そして、切り替えが早い！　なかなかの胆力。

「ひゅう♪　やるね、ギルドマスター‼」

壺を破壊してしまったショックは一旦置いておき、すぐに返す刀で反撃するギルドマスター‼

振り抜きからの――――振り上げッ！

「はい、タイム！」

ぴた――――……！

「な！」

「すげぇ……！」

「あの、マスターが止まった…………⁉」

冒険者たちがその御業を目の当たりにして、驚愕している。

「……さて、セリーナさん。この中で高価なものってどれです？」

「へ？…………あー」

ルビンが持ち出したギルドマスターの私物の山。それを軽く見渡したセリーナ嬢は、

「えっと…………。あれですかね？」

「自動戦闘人形《オートマタ》ね」

あれ……。あー。

そこにあったのは、ギルドマスターが持ち出した魔導兵器。

自動戦闘人形であった。

※　※

「ふむ…………。この人形、なんで顔ついてんの？」

なぜか、精巧に作られた美少女の顔。陶器で作られたそれは、まるで生きているようにも見える。

だが、所詮は作り物なので表情に動きはない。

身体の奥底にはめ込まれた魔石が不気味に振動し、主の命令を待っている。

「――――……そういう趣味だとしか」

え？　こ、これ実○品!?

うっわ、ドン引きだわ……。

「おっし、ギルドマスターの可愛い子ちゃん。悪いけど、犠牲になっておくれ」

よいしょ、よいしょ。

時の止まったギルドマスターの向きを変えると、三節棍の一撃が自動戦闘人形に直撃するコースに……。

ゆるせ。名も知らぬ人形よ――。

「はい、GO!!」

パチン。

指を弾いて時を動かすルビン。

その直後――……。

「壺がぁっぁああああああ!!　――――っってって!?」

全力の振り上げが自動戦闘人形を襲う!!

強化薬を飲んで向上した筋力は華奢な自動人形をかち上げぶっ飛ばした!!

ぱっきゃぁっぁぁぁぁぁああああん!!

ばらばらばら……。

カラン、パリン……。

「しゃ……」

……しゃ?

何が起こったかもわからず、絶望的な表情で自動人形を見上げるギルドマスター。

空中のそいつは、かろうじて動いており「ギガガガ……主《マスター》、ご命令を、ギガ――いつもの、プレ……お望、すか？　ギガガ……」とかなんとか呟いて――……グシャリと地面に落ち砕け散った。

「シャーーーーーリーーーーーーーーーーン!?」

空中に舞い上がりバラバラと破壊されていく自動人形もとい『シャーリーン』。その落下地点に猛スピードで向かうギルドマスター。その手で優しくシャーリーンを抱き起こすと、さめざめと泣く。

「ちくしょう!　なんてこった!　なんでこんなことに……!!」

シャーリーン、シャーリーン!!

「うわぁぁぁあああああああああ!!」

滂沱《ほうだ》と涙を流すギルドマスター。

そして、白けた目をしたセリーナ嬢と、冒険者の面々。大半がドン引きしている。

――うん、ルビンもドン引きだ。

「よくも……よくも……よくもぉぉぉぉぉおおお!!」

いや、そんな目で睨まれても、ぶっ壊したのお前だぞ？　ルビンは向きを変えただけ。その暴力を直撃させたのは、まぎれもなくギルドマスターだ。

「そんなに大事なら、試験会場に連れてくるなよ……」

呆れた息を吐くルビンを意に介さず、ギルドマスターは憤怒の表情で立ち上がる。

その手にはボロボロのシャーリーンを抱き、憎しみのこもった眼でルビンを見ると、

「このガキぁぁああ！　もう勘弁ならねぇ!!　俺のシャーリーンをぉぉぉお！」

「いや、壊したのアンタだから」

「やかましい!!　だが、お前の技は見切った。お前の新しいスキル――それは『高速』だろ！　目にも留まらぬ速さ――」

「え？　違うけど？」

ルビンは特に隠す気もないので、あっさり否定した。だが、ギルドマスターが聞くはずもない。

「ぐはははは！　嘘をついて俺を欺《あざむ》こうと思っても無駄よ!!　まだまだ奥の手はある!!」

「ちょ！　ま、マスターそれ以上は!!」

ギルドマスターの奥の手とやらを見て、セリーナ嬢が驚愕し慌てて止める。

だが、

「黙ってろセリーナ!!　コイツだけは許さねぇぇっぇええ!　グビリ」

そう言って更なる強化薬を呷《あお》るギルドマスター。

「ぐぅぅ……来た来た来たぁぁぁああ」

ミシミシと筋肉が軋《きし》み、筋肉がさらに増大していく。そして、特に足が――!!

「おいおい、飲みすぎだろう?……死ぬぞ?」

「やかましい!!　見ろッ。この強化薬は敏捷に特化した特注品ッ!　これで、お前の『高速』に追いついてみせるわ!!」

「いや、だから『高速』じゃないって」

「やかましい!　シャーリーンの仇《かたき》!!　それもこれも、全部お前のせいだ、ぶっ殺してやらぁぁぁあああああ!!」

「あっそ」

――タイム
ピタ。

「勝手にほざいてろ。あ、セリーナさん、次どれ?」

「あ……………まだやるんですね?」

ん?　当然でしょ。

「もちろん!」

ニッコリ。

今日一番のいい笑顔をしたルビン。セリーナ嬢はちょっとひきつった顔で笑っている。

「あ、あはは……」

「だって、マスターが言いましたよね？　ギルドマスターがイイと言えばイイし、ダメと言ったらダメ――なんでしょ？」

……つまり。

「――まだ、イイともダメとも言われてませんよ？」

ニィィィ……。

一瞬、訓練場の外が雲に覆われ、ほんの数瞬だけ採光窓が薄闇に包まれる。

セリーナたちの目には、その薄闇にルビンの顔が黒く曇り――……ギラリと目が輝き、口が不気味に吊り上がったように見えたのだが、うん。多分気のせいだろう。

「じゃ、次々行こうか――――」パチン！

※　※

「ぶっ殺してやらぁぁあああ!!」

パッキーーーーーーン!!

粉々に砕けるギルドマスターの愛用のカップ。

「あるぅぇえええええ？　なんで、俺のカップがーーーーーーー!?　この、ルビ」

はいはい「タイムっ」――からの、設置。

お次は、この兜にしようかな？

はい、パチン！

そして、時は以下略――。


「なんで俺のカップがこのルビン――――――ってあれぇぇ？」

パッコーーーーーーーン!!

真っ二つに割れた冒険者時代の思い出の兜。

「はぁぁあああん！　俺の兜ぉぉぉおお？　なんで――――この、ルビン!!」

ほい、「タイム！」――――か〜ら〜の〜、セッティング！

お次は高そうな年代物の、おーさーけ♪

へい、パッチン♪


からの――そして、時は動き出す。

「ルビン――――――ああああああ！　俺の秘蔵の酒がぁぁぁあ！」

パリィィイイイン!!

破片とともに撒き散らされる琥珀色の液体。

「なんで、俺の私物がぁっぁああああああああ！　ぶっ殺す!!」

いえす、「ターーーイム♪」　からの、ポジショニングぅ！

お次はギルドマスターを動かして、大物の前に移動、移動〜♪

面倒だから、まとめて全部ぅぅ～…………。

ズリズリと、時間の止まったギルドマスターを動かして、私物の山に移動させる。

そこには、絨毯に包んで持ってきたギルドマスターの私物の数々。あとは、ギルドマスターの涙を流した強打《スマッシュ》が降り注ぐ位置に誘導するだけ。当然、時間が停止しているギルドマスターには何が何やらわからないだろう。彼の体感時間は部屋に武器を取りに帰ってから1分もたっていないはずだ。

なのに、なぜか次々と目の前に現れる私物の数々。

ルビンを殴り殺すはずの一撃が全てそこに降り注がれるのだ。きっと理解の範疇を超えているに違いない。

……こりゃ、楽しい!!

「はっはっは！」

「…………楽しそうですね、ルビンさん」

「楽しいですよ！」

ニ～～ッコリ。

若干引いた目でセリーナがのけぞっている。

だって、実に楽しげにルビンがギルドマスターの私物を破壊に導いているんだもん。

「さぁ、そろそろ止めを刺してあげようか」

マスターの私物はこの一撃で大半が破壊されるだろう。そして、最後は締めだ。

「じゃ、パチンといってみようか！」

パチンッ！　――――そして、時は動き出す！

かちん………。とギルドマスターの時が動き出し、

「――俺の私物がぁっぁあああああああ！　ぶっ殺すぅぅぅ……あ――――――――――!?

!?」

ギルドマスター渾身の一撃ッッッツ、が、ついに私物の山に突き刺さる。

そして、ドッカーーーーーーーーーーーーン!!　と遺憾なく強化された一撃が降り注ぎ、私物の山を粉々に……。

それを見ていたセリーナ嬢やら、冒険者の面々は「あちゃ～」と少々気の毒になって顔を覆った。

だって、大切にしていたものだよ？　引退した冒険者でギルドマスター。彼の半生を注いだ大切な品物の数々……。そう、それはギルドマスター曰く。

「――ノォォォオオオオオオオ!!　お、お、お祖母ちゃんの形見がぁぁぁああ！　あああああああああああああ!!　初恋のお姉さんにもらったペンダントがぁぁぁあああ!!」

ああああああああああああああああああああ!!！

俺の人生の大切なものがぁぁぁあああああああああああ！！！

ドカーーーーーーーーーーーーーーーン……。

パラパラパラ………。

地面にクレーターができるほどの一撃を受けてすべて粉々に……。

「あへあへあへ…………」

粉々になった私物を山にして真っ白になって魂を口から吐き出しているギルドマスター。

さすがに気の毒になった冒険者の何人かが目をそらしている。無理もないだろう。

いくら「物」とはいえ、大事に大事に……大切にしてきたものを自らの手で破壊してしまったのだ。

中には取り返しのつかないものや、二度と手に入らないものもあるのだろう。

お祖母ちゃんの形見とか、とくに……。

「なんで……。ええ、なんで？　ええ？　おばあちゃーーーーん………」

ガックシと肩を落としたギルドマスター。シャーリーンの時より意気消沈している。

どれがおばあちゃんの形見だったのか知らないけど、相当ダメージを食らっている様子だ。

「………まだやるかい？」

ポキポキと拳を鳴らしながらルビンがギルドマスターを見下ろす。

それを茫然と見上げるギルドマスター。凄まじいストレスにさらされたため、急激に老化しているようにも見えた。まぁ、大方——強化薬の反動とかなんだろうけど……。

「も」

も？

「もう、イイですぅぅ……」

しおしお～と、あれほど威勢の良かったギルドマスターが項垂《うなだ》れてしまった。

「……セリーナさん？」

「え……？　あ、は、ははは、はい!!」

「イイって言ったよね？　どうかな？　俺の勝ちでいいんだよね？」

「あ……。は、はぃぃぃ。こ、これにて実技試験を終了します！」

あ、そっか。勝ち負けじゃねーや。

実技試験だった、まいっか。

第24話「【タイマー】は、断る」

「それにしてもルビンさん……。そのスキル？　ですか。一体それは……？」

「スキル？………あー！　『タイム』のこと？」

セリーナが訓練場の後片付けを職員に指示しながら、ルビンに話しかけてきた。

「は、はい。恐らくそれです」

「ん～。俺も詳しくはわからないんだけど、【テイマー】とは違った天職に【タイマー】っていうのがあったみたい。これが普通なのか知らないけど、転職時に起こった一種のミスなんじゃないかと思うんだ」

「み、ミスですか？」

「うん……。転職のいきさつは聞いてる？」

ギルドマスターが知っているくらいだ、情報はほとんど筒抜けだろう。

「え、えぇ。概要は多少……」

「なら話は早いや。転職神殿にいた女神が言うには、『入力ミス』だとか何かで、【テイマー】の一文字を間違って【タイマー】にしちゃったらしいんだよ。どういう仕組みかは知らないけど、それで俺は『テイム』のスキルのかわりに『タイム』を手に入れたみたいなんだ――」

そう言って、未だ茫然としているギルドマスターに向かって「タイム！」と発動する。

するとポタポタと零《こぼ》していた涎《よだれ》がピタリと止まり、呼吸も鼓動も瞬きも停止した。

「す、すごい……」

「ねー。凄いよ、このスキルは——まだ、どれほどの力を秘めているのか俺もわからないんだ」

ピタリと止まったギルドマスターに向かって、パチンッ！　と指を弾いて時を戻す。

別に指を弾く必要はないみたいだけど、雰囲気ってやつだ。

「……あ、動いた。す、すごいですね、だけど、まるでこのスキルは——……」

「ん？」

セリーナ嬢は凄いという割に顔を曇らせている。

「どうしたんですか？」

「あ、いえ……その」

何か言おうとしていたようだが、セリーナ嬢の言葉を遮るように、

「——ず、ずるいぞ、お前!!　お、おおおお、おまえ、強化薬飲んでるだろ!!」

「は？」

「ギルド職員以外が強化薬を使うのは違反だ！　違反！」

突如としてギルドマスターがルビンに摑みかかってきた。

「飲んでねーよ」

「嘘つけ!!　強化薬でも飲まないとお前が俺に勝てるわけねーだろ!!」

「しらねーよ！」

ペシッとギルドマスターの手を払いのけるも、しつこく食い下がるギルドマスター。

「ぐぬぬぬ!!　ただでは済まさんぞ!!　おい、セリーナ！　コイツを逮捕だ！　逮捕しろッ！

ギルド権限で、このクソ冒険者を一時的に拘束するッ！」

「……………ギルド権限？」

ギャイギャイと騒ぎ始めたギルドマスターを冷たく見下ろすセリーナ嬢は、まるで馬鹿馬鹿しいとでも言いたげに吐き捨てる。

「──それを履行するのはアナタではありませんよ」

パチンッ！

そうやって指を弾くセリーナ嬢。

ルビンのそれと異なり、実に様になっていてカッコいぃ────って!!　何だ？

「『ダンジョン都市ギルドマスター、グラウスだな』」

「な、なんだお前ら!?」

突如、野次馬となっていた冒険者の中からゾロゾロと複数の黒衣の集団が現れた。そいつらは全員が黒い軽鎧に短刀という身軽ないでたちで武装しており、有無を言わせぬ雰囲気を纏《まと》っていた。

「せ、セリーナさん？」

「ルビンさんは下がっていてください。さぁ──拘束してちょうだい」

「『はッ！』」

ガシッ!!　と摑み取られるギルドマスター。その顔は混乱していたが、自分が危機的状況にあると理解したのか、やにわに暴れ始めた。

「ぐお！　離せッ！　離せぇぇぇえええ!!」

「抵抗するな！」

「神妙にお縄につけ!!」

しかし、あっという間に取り押さえられるギルドマスター。その様子だけで相当な手練《てだ》れだと分かる。

「えっと……彼等は？」

セリーナ嬢を振り返るルビン。

その視線をちょっとこそばゆそうに見返すセリーナ嬢は頭を掻きつつ言う。

「は、はぁ……その、ギルド憲兵隊です」

「ギルド憲兵隊!?」

聞いたことがある。

ギルド内での汚職や内部監査を主に取り扱う部署で、最精鋭かつ極秘部隊だと……。

噂では聞いたことがあるけど、こんな連中だったなんて。

それにしても、どうしてそんな部隊をセリーナさんが!?

「せ、セリーナさんってもしかして……」

「へ?…………いやいやいやいやいやいや!! 違いますよ！ ルビンさん、私のことギルド憲兵隊だとか、ギルド上層部の人間だとかと勘違いしてません!?」

いや、違うの？

「――違いますよ!!」

「で、でも……たまたまここにいたなんて説明、誰も信じませんよ」

そう言うと、周りの冒険者も驚いてセリーナ嬢から距離をとる。

だって、ギルド一怖～い部隊とお知り合いのお姉さんなんて…………多少は脛に傷のある冒険者からすればなかなかに怖い相手だ。

「だーーーーー!!　もう!!　違います！　本当にたまたまなんです!!」

「たまたまって……」

はぁ、とため息をついたセリーナは言った。

「試験用紙ですよ。ルビンさんのために特別に手配したランク再認定の筆記試験の答案――これ、ルビンさんはあっさり解いちゃいましたけど、結構重要書類なんです。不正防止のためにも超法規的部隊のギルド憲兵隊がこれの輸送を担っているんです」

だから、緊急で王都から取り寄せた際に、彼等が輸送し――たまたまギルドにいたというだけ。

「た、たまたまだとぉぉおお!!　セリーナ貴様裏切ったのか!!」

「いや、裏切るも何も、アンタ無茶苦茶しすぎでしょう……。大抵のことは黙認されても、これはちょっとね……」

そう言って、ギルドマスターが乱用していた強化薬の小瓶を拾い、ギルド憲兵隊に手渡すセリーナ。

「そ、それは――ギルド職員だから検査のために……！」

「検査のために何本も飲み干す人がいますか？　いずれにしても、あとは憲兵隊本部でどうぞ」

「な！　せ、セリーナ!!　セリーナ、貴様ぁぁぁあああああ!!」

最後までギャーギャーと騒いでいたギルドマスターだが、屈強なギルド憲兵隊に拘束され、ズルズルとどこかへと引き摺られていった。

「はぁ、ようやく静かになりましたね」

「ですねー。……いや、セリーナさんやりますね」

そう言って、セリーナ嬢の手腕を褒めたたえるルビン。

「や、やめてください！　私はただ職務を遂行しただけです――ですが、これが正しい道だと思ってます」

そう言って真っ直ぐにルビンの目を見るセリーナだったが、

「…………これでギルドマスターのポストが空きましたね」

ニッコリ。

第25話「【タイマー】は、報告を受ける」

「というわけで、ルビンさん。ギルドマスターをやりませ――」

「やりません」

即答するルビン。セリーナが言い終わる前にスパッッと切っておいた方が無難だ。

「はや!?　え、なんで？　どうして？　ギルドマスターですよ!!」

「いや、……今日の惨状を見て、ギルドマスターをやりたいです――って言えるわけないでしょう!?」

どんだけ、空気読めないバカだよ!?　しかも、これじゃマッチポンプを疑われるわい!!

「そ、そんなぁ……！　ルビンさんがいないとこのギルド潰れちゃいますよ？　いいんですか!?」

「何それ？　脅し!?　え？　脅し!!　ギルド憲兵隊さーーーーーーん！」

「しー！　しー！　やめてください、あの人たち冗談通じないんですから！」

「冗談じゃないです！　冗談じゃないよ！」

ふざけてんのこの人!?

「もうギルド職員とかそういうの当分いいです。……候補から消すわけじゃないですけど、あのギルドマスターを見てるとね」

「……ですよねー」

わかってたら言うな！

「はぁ、残念です。期待していたんですけど……」

「そんなに人材いないの？」

引退した冒険者なんて腐るほどいそうだけど。

「いませんねー。ある程度頭が良くて腕っぷしが立つっていう条件って、結構厳しいんですよ。ギルドは高給取りってほどでもありませんし……」

「あー……」

つまり、条件のいい別の職場に人材を取られているというわけか。

「じゃあ、当分は……セリーナさんが？」

「そうですね。一応は私がギルドマスター代理ということに……しょぼーん」

（いやいや……どーりで勧誘しつこいのかと思えば……セリーナさん。あんた、自分がしたくないだけやろ？）

「と、とりあえずギルドマスターを引き受けるかどうかは保留でお願いします。あ——消極的保留で……」

「あーい……。しょぼーん」

そんなに気落ちされてもね……。引退冒険者がする仕事をルビンに回されても困る。

「——まぁ、どうしてもの時は手伝ってくださいますか？」

「う」

上目遣いでウルウルとした目で見上げられる。この目はズルい……。

セリーナ嬢には借りもあることだし。無下《むげ》にはできない。

「わ、わかりました。冒険者としての範疇《はんちゅう》でなら……」

「わぁ～！　ありがとうございます!!」

キャーと歓声をあげてルビンの手をとって、ピョインピョインと跳ねるセリーナ嬢。

不覚にも可愛いと思ってしまった。

「と、とにかく。これで俺はSランクですか？」

ぴた…………………。

「あ」

「ん？」

セリーナ嬢がカチーンと硬直する。

「あの？」

ダラダラと冷や汗を流すセリーナ嬢だが……。あれ？　俺「タイム」使ってないよね？

「えっと、そのー…………………ごめんなさい！」

「はぃ？」

突如90度の角度で頭を下げられるルビン。


……一体何事??

第26話「【タイマー】は、認定される」

「え⁉」

突然振られた話題に、ルビンの思考が硬直する。

「いえ、その――ギルドマスターの引き継ぎなどもあり、あのハゲの記録などを調べていたのですが……」

そっと示された報告書の一つ。

それはかなりの献金とともに、転職神殿に書かれた紹介状の写しであった。

内容は至ってシンプル。

「たしかに、エリックさんの献金を受けて、ギルドマスター経由で転職神殿に話が通っています」

「うん」

それは知ってる。エリックたちもルビンの転職に期待していたからね。

「ですが、……これは通常の献金よりも明らかに額が多すぎます」

「え？」

そう言って、示された金額は金貨換算にして、約２０００枚。

白金貨なら２００枚のそれだ。

「ど、どういうことですか？」

「えぇ、詳細は私もわかりかねますが、……通常の転職のための献金が１０００枚です。神殿への渡航費を考えてもそれを多少上回る程度かと思います」

うん……。

バカ高い交通費を踏まえても2000枚は考えられない。

「ですので、最初はあのハゲによる横領か、賄賂《わいろ》を疑ったのですが、その形跡はありませんでした」

「うん――??」

じゃあ、誰が金を……??

「――この多めに支払われた額のうち、1000枚。これは全て転職神殿が受領したようです」

「は？」

え？

なんで、倍近い金をエリックが払ってんだ？

ルビン一人の転職の金を出すのも苦労したというのに、どういうことだ？

「私が調査できたのはここまでです。ですが……」

声をさらに落とすセリーナ嬢。ここから話すことは神への冒瀆《ぼうとく》に繋がりかねないという。

「……ルビンさんが転職神による『誤字』によって転職を失敗したというのは、おそらく偶然ではありません」

「――ッ」

セリーナの衝撃の一言。

たしかに。ギルドマスターも同じようなことを言っていたけど……。まさか真実なのか!?

「まさか……エリックたちが？」

「……推測の域は出ませんが、転職神殿に働きかけるほどの金額を支払ったのは間違いありません」

ばかな……。何のために??

皆でドラゴンを使役するんだって、言って…………。頑張って貯金したんじゃないのか？

なぁ、エリック――。

どうして？　なんでなんだ…………!?

（なんでだよ、エリック……!!）

ガクリと力なく椅子にもたれるようにして崩れ落ちるルビン。

「る、ルビンさん!?」

「だ、大丈夫です……。大丈夫……」

「は、はい。どうも混乱させたようで申し訳ありません……」

「いえ、ある程度は予想がついていましたので……。ただ、まさか――」

まさか、転職させてまでルビンを貶《おとし》めたかっただなんて……。

何がそうさせたんだ？

「……なんでもありません。それより、俺の天職についてはなにか？」

無理やり疑問を呑み込むと、意図して笑みを作りセリーナ嬢に問いかける。

その笑顔を痛ましそうに見ながらも、

「は、はい。ルビンさんの天職――【タイマー】でしたか？　についても記録を調べました」

ごくり……。

「まず結論として、【タイマー】に関する天職の記録はゼロです」

「ゼロ⁉」

嘘だろ？　まったく記録がないなんてあり得るのか？

「はい。それらしき記録はありませんでした。古書の方も照会しておりますが、目録が整理されているためむしろ検索は容易だったのですが……。現在のところそれらしき記録はありません。今は係に言って他の書物もあたっておりますが、おそらく目ぼしい情報は出てこないかと……」

「そんなバカな……。だって、俺は現に――」

そう、現にルビンは【タイマー】なのだ。

『タイム』を操る、時使い……。

「一応、王都の方や別の支部には問い合わせはしております。王都の方ならばもう少し情報があるのでしょうが、ここで全く見つからない以上、かなり情報は限られるものと思われます」

「はい……。お手数ですが、引き続きお願いします」

「もちろんです。我々ギルド側としても、新情報ゆえ、この手の調査は無償かつ……場合によっては調査協力として報酬が支払われる案件です」

つまり、重要案件ということらしい。

「――そして、現状を鑑《かんが》みて、ギルドはルビンさんの天職【タイマー】を新しい天職と認定し」

「あ、新しく認定……？」

すぅ……。

「――SR……超々希少職《スーパーレアユニークジョブ》と認定いたしました」

第27話「【タイマー】は、超々希少職になる」

「す、スーパーレア？？？？？」

「はい。ギルド史上初の事例です。これまでにも、『勇者』や『大賢者』のような希少職は確認されておりますが、転職失敗からの希少職という事例は皆無です。ゆえに、超々《スーパーレア》なのです」

お、おぉー……。なんかすごい。

「本来希少職というものは、生まれついての職業であることがほとんどです。勇者になる使命を負った者。賢者として生まれつきの才能を持った者。血統から生まれる『帝王』などといった特殊な天職もありますが――」

「は、はい」

「希少職《ユニークジョブ》と呼ばれる天職を持ったものは、ほとんどが例外なくその能力に優れています。膂力《りょりょく》、魔力、カリスマ。そして彼等は、人類の中でも最強と呼ばれる存在となり得ます」

希少職………。

――最強!?

いや、たしか、『大賢者《アッカーマン》』のサティラが身近にいたっけ？

でも、あれが最強…………??

「――ですが、その範疇から外れたものに超希少職《レアユニークジョブ》というものが一定数含まれます」

「超希少職??」

一応聞いたことくらいはあるけど……。

「あまりなじみのない言葉ですよね。これは希少職《ユニークジョブ》とは少し異なります。希少職が既存の天職の上位互換だとすれば、超希少職とは、それらの範疇から外れた全くの別物だからです」

そう言ってセリーナ嬢は一つの紙挟《クリップボード》みを取り出した。

「これを見てください。……本来は閲覧制限のある書類ですが、ただいまよりルビンさんにはその権限が付与されました。そして、ここです」

突然、機密書類の閲覧が許されたルビンだが、その実感がないまま、セリーナ嬢の言う書類に目を通す。

「怪盗、快楽殺人鬼《シリアルキラー》、海賊王、百鬼夜行……。そして、魔王――??」

え？

「これらはいずれも、人類史上に災悪をばら蒔いた人物の保持していた天職です。当時はただの狂人として処理されていましたが、実際には天職が及ぼす能力の暴走であったとされています――もちろん……」

災悪…………………??

天職が――――厄災をもたらす!?

どくん

どくん

どくん……。

「はぁ、はぁ、はぁ…………」

俺が――――厄災、なのか？

「……さん、ルビンさん!!」

ハッとして顔を上げたルビン。

「大丈夫ですか？　ルビンさん!!」

「あ、…………あ、はい」

ドク、ドク、ドク……。

早鐘のように鳴り響く、心臓。今にも身体を突き破って出てきそうだ……。

「も、申し訳ありません。驚かせてしまったようですね」

「い、いえ……」

「言葉が足りませんでしたね……こちらを引き続き見てください」

続き……？

「――潜水士《ダイバー》、外科執刀医《ブラックジャック》。太陽戦士《ソーラーアーマー》、覇王??」

いや、これって……。

「ええ、聞いたことがあるかもしれませんね。伝説やおとぎ話になるほど、人類史上に貢献した人物。あるいはそれを成し遂げようとして志半ばで亡くなった英雄たち……」

まさか、

「彼等も超希少職!?」

「はい。紛れもなく、希少職の範疇から外れた人物の保持していた天職です。つまり――」

「お、俺は……」

「ええ。つまり、ルビンさんは人類史上に名を遺す人物になる可能性が極めて高いと推察されます」

それが――。

「……それが、悪名であれ、勇名であれ？」

「はい。そうなります。……もちろん、私はルビンさんが悪名を馳せるようなことはないと確信しておりますが」

そう言って、ルビンの手を握りしめるセリーナ。

「そんな……。俺なんか、が」

ドサリと、再び深く腰掛けるルビン。一度に色々な情報が入りすぎだ。

「ルビンさんは自己評価が随分低いみたいですが、以前よりギルドは高く評価しておりました。そこに超々希少職の認定ですよ？　もはや、荷物持ちだとか、役立たずとかでブチブチ言っている場合じゃないということだけはご自覚ください」

「ブチブチって……」

時々口悪いよね、セリーナさん。

「一応知っていただきたいのは、荷物持ちだとか、役立たずだとか言っていたのはエリックさんたちだけですよ？　本来、そんな人物にいつまでもSランクパーティを名乗らせるわけがないんですから……。実際、ルビンさんはエリックさんとアルガスさんをほぼ無傷で圧倒。そして、ギルドマスターの卑怯な手にも屈せず圧勝しました――それだけで、事実上Sランク以上の腕前です」

Sランク以上？　そんな実感ないけどなー……。

「以上の結果を踏まえ、当ギルドはこれよりルビンさんに注目し、期待します！　もちろん、ギルドマスターのポストも……」

「それはない」

くそ……。散々脅したり、持ち上げておいて、結局それかよ!!

――もう!!

「当面はギルドに就職する気はないから!!」

「えぇ、当面は――ですね。結構ですよ」

ニッコリ。

「……言質はとりましたので」

うわ、笑顔が黒い……。

第28話「【タイマー】は、不穏な話を聞く」

「もう一つ、ルビンさん」

「はい？　ま、まだ何かあるんですか!?」

さすがに情報過多にもほどがある。

「はい。申し訳ありませんが、むしろ、こちらが本題だと思っていただければ……」

セリーナ嬢は話しにくそうにしつつも、ルビンの動向をチラチラと窺っている。

どうやら、これまでの話はこの本題を切り出すための布石だったようだ。

「ふぅ――……わかりました。聞きますよ」

「は、はい。その……」

珍しく口を濁すセリーナ嬢。どうやら本当に言い辛いようだ。

「大丈夫ですよ。何があっても、もう驚きません」

「で、ですか？　なら……」

ゴクリと、セリーナ嬢の綺麗な頤《おとがい》が蠢《うごめ》く。

「――ルビンさんの【タイマー】が使うスキル？　ですが、それに該当するものが一つありました」

「え？　さっき、ゼロって……」

「はい。天職にはありません。ですが、別の観点から見た場合、合致するものがありまして――」

別の観点？　天職以外に何が――……。

「……禁魔術《タブーマジック》です」

た、

「禁魔術ぅぅぅぅうううううううう!?」

突如素っ頓狂な声をあげたルビン。ギルド中の目はもちろん、ギルド憲兵隊もジロリと睨む。

「しーしーしー!!　驚かないって言ったじゃないですかぁ！」

「驚くわ!!」

驚かないでか!?

「だから、しー!!　しー!!　あ、あははは。憲兵小隊長殿、なんでもないでーす」

ジロリと胡乱《うろん》な目を向ける憲兵隊に愛想を振りまくセリーナ嬢。だけど顔面からは冷や汗がダーラダラ。

「る、ルビンさ～ん。もう、大きな声出さないでくださいね……」

「あ、あぅ……手ェ離して」

いつの間にセリーナ嬢によって口をギリギリと挟まれていたルビン。

………あるぇ？　この人強くない？

「もう……。こっちが驚きましたよ」

「すみません」

素直に反省するルビン。だけど、急に禁魔術の話なんて出てきたら誰でも驚くよ。

「はぁ。まぁもう今さらですけどね……」

そう言って天井を仰ぐセリーナ嬢。彼女の言う今さらというのは、ルビンが乱発した「タイム」のことだろう。別に隠すものでもないと思って、衆目下でバンバン使った気がする。

エリックやアルガス。そしてギルドマスター。

そこには多数の目撃者もいたので、本当に今さらだ。ギルドが緘口令《かんこうれい》を敷いてくれるわけでもなし……。

「う……なんかすみません」

「別にルビンさんが悪いわけではありませんが、その例の【タイマー】のスキルですか？　それは……」

「えっと、『タイム』のことですよね？」

発動したら、その目標となった人物や魔物の時間を停止できるという、恐ろしく強力なスキル。

それが「タイム」だ。

「え、ええ。そのタイムのことです――それは、一見して時間を止める魔法のようにも見えますが……」

「魔法？　いえ、そんなものじゃ……。いや、どうなんだろ？」

使っているルビンにもよくわからない。

ただ、一定時間対象の時間を止め、ある程度任意にそれを解除できるということくらいしか……。

「はい。それを魔法として見た場合――禁魔術の中にある『時間魔法』が該当するように思えます」

「時間魔法って……タイムが？」

時間魔法と言えば伝説の魔法だ。

やれ大昔に悪い魔法使いが人々の時間を奪おうとしただの。

悪の王様が若返るために時間を操ろうとしただの。

未来を見たくてしょうがなかった青年が時間を操ってあっと言う間に老人になってしまっただの。

まーロクな話がない。ようするに、教訓を与えるだけの戒めのお話の類《たぐい》だと思っていたけど……。

「あるの？　時間魔法って？」

「…………あります。ほんの一部だけに伝わっているそうですが、確かにあります」

うそ。…………マジ？

「そして、その魔法は禁魔術に指定されており、使用者もしくは研究者は厳しく取り締まられます」

「と、取り締まりって、誰に……」

ゴクリ。唾を飲み込んだルビンはなんとなく周囲を見回す。

離れた応接スペースには誰も近寄らないけど、極秘話をするような場所か、ここ？

「もちろん、エルフです」

え、エルフ!?

第29話「【タイマー】は、狙われる」

「え、エルフって、あのエルフ!?」

「あのエルフが、どのエルフか知りませんが、エルフです」

うっそ……。エルフが禁魔術指定してるのかよ。

魔法に長けた種族で、排他的な思想を持ち、人類と相容れないほど——純血主義を重んじている種族だ。

かつて、エルフが作り出す産品と魔法の技術を欲した、一部の人間の国が彼等に攻撃を仕掛けたという。だが、あっと言う間に返り討ちに遭い、その国は焦土と化した。

しかし、エルフはそれで満足せずに、怒りの矛先を全人類に向け、近隣諸国を蹂躙《じゅうりん》し焼き尽くした。

大昔の人類は慌てて連合を組み、エルフに対抗したが互角程度の戦いに持ち込むくらいで、いつ敗れるか分からない事態に陥り、彼等の要求を全て呑むことでなんとか和解したという史実がある。

その後の彼等エルフたちは要求した国土に閉じこもり、エルフ自治領として何人《なんぴと》も立ち入ることを禁じて今に至る。

それ以来、人類はエルフを畏《おそ》れ、彼等に干渉することをやめた。

いわゆる。エルフに触れてはいけない《アンタッチャブル》だ。

たまーに、変わり者のエルフが人間社会に降りてくることを除けば彼等との接点はなきに等しい。

だが、それでも情報が筒抜けだろうと思っていい。長寿のエルフは人類がぶん殴ってきたことを忘れず、未だに警戒し監視を続けているのだという。――それが、この世界のエルフだ。

「…………それってやばいよね？」

「エルフに見つかったらヤバいですね……。もっとも、それが時間魔法だった場合ですが」

タイムと時間魔法。

たしかに、言われてみれば時間を操る【タイマー】のスキルは時間魔法に似通っている。

いや、むしろ同じものなのか？

「一応、この近辺はエルフの行動範囲からは大きく外れているので、すぐに彼等の耳に入ることはないでしょうが……」

「うん……」

この言い方だと、いずれバレるということだろう。

「ど、どうしよう」

エルフ怖い。

「わかります……我々も貴重な人材をエルフに取られたくはありません」

うん。助けて？

「なので、ギルドとしてはルビンさんのスキルが禁魔術のそれではないと確かめることにしました」

「え、ほんと!?」

さっすがセリーナさん、そこに憧れるぅ!!

「ええもちろんです。そのため、まずは情報収集から始めましょう。そして、タイムが時間魔法と関係あるのではというところから派生する情報ですが」

「は、はい」

「ルビンさんは『時の神殿』というダンジョンをご存じですか？」

「時の神殿…………？　たしか、ダンジョン都市の外れにある遺跡ですか？　たしか、Bだか、Aランク推奨の……」

「はい、それです。ですが、ランクはあくまで基準です。実際はほとんど発掘され、目ぼしいものはありませんので、今はせいぜいBランク推奨ダンジョンでしょうか」

「そこに何が？」

「わかりません」

ズルッ！

「わ、わかりませんって……」

「わからないから調べるんですよ。一応調査は終わっていますが、実はあそこ——まだ未調査の区画があるんです」

「へえ」

ルビンの気のない返事にセリーナ嬢が困った顔で言う。

「『時の神殿』の由来は、かつて時間を操る種族が立てたという伝承からと言われています。そして、その最奥には時の秘密が隠されていると……」

「え、それだけ？　ただの噂でかつ伝承だけ……⁇」

「は、はい。調査はほとんど終わっていますが、一部どうやっても入れない区画があって……。古文書などを解読した学者が言うには、時を操るものが来た時——その扉は開かれる、と謳《うた》われているそうです」

へー……。

「興味がなさそうなのはわかりますけど、今はこれくらいしか情報がありません。引き続き我々も情報を収集しますので、まずはこちらを調査されてはいかがでしょうか？……という提案です」

うーん……。どうなんだ、これ？

時の神殿っていうくらいには、なんらかの時間に関係するんだろうけど。

それと【タイマー】が関連するのか？　だいぶ、こじつけな気がするけど……。

「えっと……。つまりロクに情報がないから、とりあえず伝承通りに『時を操るものが来た時——その扉は開かれる』という文言が本当かどうかを確かめてこいと……？」

ルビンの胡乱な目つきにセリーナ嬢は目を泳がせながら、

「そ、そうです。その……行きますよね？」

「なんか、塩漬け状態の調査をあわよくばやろうとしてない？」

「いえいえ、そんなことないです、ないです！　これは、ギルドからの特殊依頼《スペシャルクエスト》だと思ってください。実際、未調査の区画があり、そこを調査できそうな人材は今ルビンさんしかいないのです。これを逃す手はありませんので、それにルビンさんのランクを上げるためにも役立ちますよ？」

――おいおい。本音漏れてる漏れてる。

つまり、それっぽいスキル持ちが現れたのをいいことに、未調査の開かずの間にせっかくなのでトライしてほしいと……。いや、多分、セリーナ嬢というよりも調査した研究機関か、冒険者ギルド上層部の意見なのだろうけど。

「いや、別に昇級にこだわりはないんだけどね。Bランクでもいいし――」

「そ、そんなことを言わずに！　ちょろっと見てくれるだけでもいいんですよ。（結構上がうるさくて）」

いや、本音！

多分、未調査区画があるというのはギルド的にもよろしくないのだろう。未踏破ならともかく、未調査というのは、ギルドの沽券《こけん》に関わるのだ。

「…………まぁ、他に手がかりもなさそうだし、うまくいけば、時間魔法との無関係が証明できるかな」

「はい。是非そうしてください。我々も引き続き情報を収集します」

「わかりました。では、そのクエストを受注します」

「ありがとうございます！　あ、そうだ――」

「え？　まだ何か？」

「えっと、ダンジョンの特性上、『時の神殿』は二人以上でないと入れないんですよ」

「ダメじゃん――俺、ソロだよ」

セリーナ嬢はそれすらも予想していたのか。

「えぇ、そのためコチラからメンバーを紹介しますね。後日ルビンさんにぴったりの人をお呼びしておきます。もし気に入ればそのままパーティを組んでもらえればなー、なんて……」

「…………Sランクパーティが欲しいだけでしょ？　ギルドに」

「う……」

はぁ、見え見えなんだよ。

『鉄の拳』が壊滅して以来、このギルドはSランクパーティを欠いている。そのため、ギルドも必死なのだろう。先日の話を聞くに、ルビンが加わることでSランクになることができるパーティもいくつかあるんだとか。ただ、その障壁になっているのが筆記試験というわけだ。

（なら、筆記試験なんてやめちまえよ……）

「た、たしかにギルドにSランクパーティがいてくれるのは心強いのですが……。いえいえいえ！　大丈夫です、きっとルビンさんも気に入ってくださいますから!!」

「わかりました。一度会ってから判断します」

さすがに知りもしない相手とパーティを組むのは抵抗がある。

先日も『鉄の拳』で大騒ぎしたばかりだ。正直、しばらくパーティは組みたくない。

だけど、セリーナ嬢がここまで言うのだ。会うだけは会ってみよう。

それに、『時の神殿』とやらが気にならないわけでもない。

セリーナ嬢にはああ言ったが、『超々希少職』というのが気になっている。

彼等がかつて厄災をばら蒔いたことがあるというそれに……。

（俺は違うよな……？）

【タイマー】とはいったいなんなのか。その答えが『時の神殿』にあるというなら、確かめる価値はある。

ならば、メンバーを臨時に入れるのもやぶさかじゃないさ……。

「ありがとうございます!! ぜったい、絶対気に入ってくださるはずです！ えぇ、絶対……！ ルビンさん良い人ですもん」

「え、あ。うん」

何、最後のルビンが「良い人ですもん」って？

どうにも引っかかりを覚えながらも、ルビンは依頼を受けることを了承した。

第30話「『鉄の拳』は、治療する」

「あの野郎、あの野郎ッッ!!」

「おえええええ、おえおえおえええええ!」

治療院の一角で二人の女子が大声で喚《わめ》き散らしていた。

一方は口汚く誰かを罵り、
一方は何度も何度もえずいている。

「くそ、ルビンがぁぁぁあああああ!」

「くさいよぉ! くさいよぉぉおお!」

「うるせぇえ! サティラ!! 黙ってろボケぇぇぇ!!」

ガッツン!!

と、少女に振るってもいいものではない拳を振り上げ、振り下ろす女は――聖女メイベルだった。

「あぎゃあああああ!! なにすんのよぉぉおお!!」

「うるっせぇぇぇえんだよぉぉおお!! もう、何回も洗っただろうが!!」

「臭いんだもん! 臭いんだもん!!」

「殴らなくったっていいじゃない!!」

サティラは涙目になりながらも、懸命に訴えメイベルに掴みかかる。

「うるっせぇぇえ! もう1回殴られてぇぇえかぁぁあ!」

ファイティングポーズをとるメイベル。

サティラも負けず劣らず、両手に魔法を顕現させている。

さぁ、女二人のキャットファイ――……。

「治療院ではお静かにッ!!」

ゴン!!

ガン!!

「はぶぁ！」

「へぼぉ！」

二人して目から星を散らしながら噴き出している。

「ってぇなぁああ！　何すんのよぉ！」

「いったぁぁいい」

早速噛みつくメイベルと、ぷっくり膨れたタンコブを押さえて蹲《うずくま》るサティラ。

二人の抗議の視線の先には白衣を着た妙齢の女性が紙鋏《クリップボード》みを手に仁王立ちをしていた。

「『――何すんの！』じゃありません！　ここは治療院だと何度言ったらわかるんですか!?」

「うるさいババアねー。私を誰だと思っているの!?　治療院に貢献したこともある聖女――」

「お静かにッ！」

ガン!!

「――ッッ」

再びブッ叩かれるメイベル。仮にもSランクだったはずの聖女が随分と簡単にあしらわれている。

「あなたたちのお仲間が入院しているんですよ！　ちょっとは気遣ったらどうなんです！」

「いったいわねー！　大げさなのよ、入院だなんて――。私の治療魔法で傷は全快しているんだから!!」

ホッペをプクーと膨らませてメイベルが反論するも、

「お黙りなさい！　――魔法で回復できるのは表面だけ！　エリックさんは、内臓が口で言えないくらい――ピー、で酷いことになっていたんですよ!?　魔法で全て元通りになるもんですか！」

そう言ってプリプリ怒って去っていくのは治療院の院長だった。

「ぶー。何よ、あの女ぁぁ！」

「うー。まだ臭い気がするぅ……」

二人は叩かれた頭をスリスリと撫でながら院長の去っていった方角に舌を出す。

「ちくしょー覚えてなさい、あの女……！　教会本部に戻ったら献金を停止してやるわ」

「うー……。そーいうのやめなよー」

くんくん、と服のにおいや髪のにおいをしきりに嗅ぐサティラは、メイベルの子供じみた仕返しに苦言を呈する。

「なによ、ウチの教会に口出す気？」

「そーいうんじゃないけど、一応お世話になっているわけだし……」

そう言ってボンヤリと天井を見上げるサティラ。

二人は小さな治療院の待合室でエリックとアルガスの見舞いがてら時間を潰していた。

見舞いといっても、エリックは面会謝絶。アルガスは全く目を覚まさない。

ゆえにやることもないので、二人でボンヤリしていたのだ。

昨日、ルビンの反撃を受けてからまだそれほど時間が経ったわけでもないのに、Sランクパーティ『鉄の拳』の状況は一変していた。

まず、エリックは再起不能なまでにダメージを受け、入院治療中。

一応メイベルが高位回復魔法をかけたので一見して全回復しているようにも見えるが、治療院の医者曰く身体の中はグチャグチャなのだとか……。

その傷を見た医者は、「殴った人物は相当恨みを持っていたみたいですね……。死なない程度に最大限のダメージを与えています。殺意はありませんが怒りと憎しみがあったと思いますが――心当たりでも？」と、メイベルに問いかけてきたのだが……心当たりだって？

…………ありすぎて見当もつかない。

そして、アルガス。

エリックのゲロを顔面に一身に受けた時のショックが酷いのか立ったまま気絶し、そのまま即入院。

頭のお医者さんを連れてきて診察してもらったところ、精神的ショックが大きすぎて、思考がショートしたのだろうということだった。ようするに、ほっとけば目を覚ますと――明日か10年後かは知らないけど、とそう言っていた。

つまり、『鉄の拳』は前衛職がダウンし、パーティとして活動は不可能だった。

そして、何よりそれ以上に――……。ついさっき、ギルドからの思いもよらないお達しが来たのだ。

「はぁ……。まいったわね。『鉄の拳』のパーティ再編成にともなう、ランク認定の再検定かー……」

「ど、どうしよう……。ルビンがいないと試験を通らないよ？」

不安そうに書状を見つめるサティラ。そして、悔しいことに彼女の言う通りなのだ。

「――ち、ルビンのやつ余計なことを……！　でも、大丈夫よ。ギルドマスターにはエリックが話を」

「あ、それ無理。さっき、ギルド憲兵隊がマスター連行してた……」

な!?

「なんですって!?　何でそれを言わないのよ!!」

「言ったけど、メイベル聞いてなかったじゃん――クソ野郎クソ野郎って、怒鳴ってばっかりで……」

「私はそんな下品な言葉を使わないわ!!」

「いや、使って……」

ギロリと睨むメイベルの表情にサティラは押し黙る。

女同士だからわかることだけど、メイベルはこう見えて腹黒い。

いや、どう見えているか知らないけど、すっごく腹黒い……。

「ふん！　どいつもこいつも使えないわねー」

「その代わりといってはなんだけど……」

サティラはギルドから再認定試験のお知らせとともに、ギルド職員からある提案を受けていた。

それをメイベルに教えていいのか悩みつつも、言わないなら言わないであとで何を言われるか分かったものじゃないと思い、ため息交じりに言う。

「何よ?」

「これ――……エリックたちが退院するまで、当面の間は別のパーティで活動しないかって?」

そう言ってギルドからの「お知らせ」を見せるとメイベルは露骨に嫌そうな顔をする。

「ふざけてんの!? なんで、Sランクの私が格下相手にパーティなんか組まなきゃいけないわけ!? 一昨日《おととい》来やがれってのよ!」

そう言ってろくすっぽ中身を読みもしないで、丸めるとサティラに投げ返した。

「あー……。もう――」

メイベルの態度に辟易《へきえき》したサティラは椅子の上で膝を抱えて一人蹲《うずくま》る。

そして、今さらながら、ルビンにしてきたことを後悔する少女。

悪気はなかったのは事実だけど、それでも苛立ちのあまり心ない言葉をかけていたと今さら気付いたのだ。

【テイマー】ではなく【タイマー】になったのだって、ルビンに落ち度なんてない。

それどころか、被害者なのだ。それをみんなで寄ってたかって……。

「ごめんね、ルビン」

メイベルに怒鳴られ、院長に怒られ、そして、守ってくれるパーティが壊滅した今――たった一人で挫《くじ》けずに努力し続けていたルビンの強さを、サティラはようやく知ったのだ。

「ふん！　そのルビンのせいでこうなってるのに、おめでたいガキね」

そう言い捨てると、突如ニヤリと笑ったメイベルは何かを思いついた様子。

「くふふふふ。いいわぁ。……そうよそうよ、そうなのよ！　こんな面倒なことになってるのも、全部ルビンが悪いんじゃない！」

「……メイベル？」

ギラギラと剣呑《けんのん》に目を光らせたメイベルが、小金の入った革袋をチャラチャラと揺すると、

「くふっ。いいこと思いついちゃったわ。……わたし、ルビンにお灸を据えなくっちゃって思うの。荷物持ちで役立たずのくせに、私たちに迷惑をかけたんだもん。だからね――ぅふふふ」

誰に言うでもなく一人、小金の入った袋を持って治療院を去っていくメイベル。

その足でゴロツキが多数屯《たむろ》している街の一角に向かうのだとか……。

あれでも、教会の聖女なのだ。貧民街には顔が利くらしい。

「はぁ…………。どうしよ、これ――」

メイベルが丸めた羊皮紙を広げるサティラ。

そこには臨時パーティのお知らせとともに、候補者の名前が…………。

「ルビン…………」

第31話「【タイマー】は、換金する」

「では、明日また来てください」

セリーナが手をブンブン振りながら見送ってくれた。

「了解」

「さて、今日はこれからどうしようかな……」

微妙に時間が余ってしまった。そして、帰り際にちょっとした荷物を渡されたのだが……。

うーむ……。

「昨日の余り物かー」

セリーナが渡してくれたのは、先日エリックたちが回収しなかったドロップ品の数々だ。

たしかに預かり証を渡されていたのだが、それを「持って帰れ」と半ば強引に渡された。

受け取ったのは、ダンジョン産のレアボックスと、そこに残った僅かな素材や小さなアイテムの類だった。パッと見た限りでは目ぼしいものはなさそうだ。

「まぁ、ちょうど路銀《ろぎん》も尽きてきたし。売れば足しにはなるかな？」

ルビンはやたらと嵩張《かさば》るレアボックスをズルズルと引き摺りながら街をぶらぶらと散策していた。

さっさと宿に帰ってもいいのだが、なんとなく手持無沙汰だったのだ。お金に余裕があれば貸本屋にでも行くのだが、手持ちが寂しくそれも憚《はばか》られる。

それもこれも、なんだかんだでギルドで仕事ができていないのだから仕方がない。

何か適当な依頼を受けてもよかったのだが、明日ギルドに顔を出すという約束をしている以上、掛け持ちのクエストをするのも具合がよろしくない。

日帰りでできるような手軽なクエストは、ダンジョン都市ではそうそう見つかるものではないのだ。

「まずはコイツを売るか……邪魔だし」

チラリとレアボックスを見下ろすルビン。街中でこんなもんを引き摺ってちゃ、目立つうえに邪魔臭くてしょうがない。……さっさと売ってしまおう。

「まずは——古物商と」

「へい、あんちゃん！　肉どうだい？　肉!!」

ん？

ブツブツとお金の皮算用をしていたルビンの思考を掻き消したのは威勢のいい物売りの声。

それと同時に食欲をそそる肉の香りがフワリと漂った。

（屋台か……）

いつのまにか屋台通りに出ていたらしい。ここは冒険者たちの宿が立ち並ぶ一角で、生活能力に乏しい傭兵《ようへい》や冒険者相手の軽食屋が連なった区画だ。

このあたりにはソロ冒険者をあてにした安宿から、そこそこのグレードの宿も多い。

——いい匂いだな。

暴力的なまでのタレの匂いにつられてルビンはついつい足を止めてしまった。

「いくら？」

「へぇ毎度！　３本で銅貨２枚でさぁ！」

高いな……。

銅貨１枚なら黒パンが一つ買える値段だ。でも、食欲をそそる香りに誘われて、いつもならケチるところを遠慮なしに買うことにしたルビン。なんたって自由なのだ。もう、エリックたちに気兼ねをしていたあの頃とは違うのだ。買い食いくらい好きにしてもいいだろう。

「わかった。甘いのと、辛いのと、しょっぱいので、３本くれ」

「あぃよ！」

銅貨を払って串を買うルビン。さっそくガブリと噛みつくと、ジュワァと肉汁が口の中で溢れた。

あ、うまい。

油の処理があまい《ヘタな》肉だったけど、その分脂身本来の甘味が凄く凝縮されていた。

少々臭みが気になるが、それを覆い隠す香辛料とそこに絡む甘辛いタレがベストマッチする。

あっという間に１本を平らげると、串を返し２本目にかぶりつきつつ屋台街を散策する。

パーティにいた頃は時間がなくて、散策する余裕もなかった。

チリィン♪

「うん……。たまにはいいよな？　キウィ」

腕の鈴が機嫌よさげに鳴った気がして、ルビンも気分よく屋台街の散策を続ける。

串焼きに始まり、林檎酒《シードル》、洋風おでん《ポトフ》、マッシュポテト、ザワークラウト《酸っぱいキャベツ》、ライムの砂糖漬け。

とにかく目についたものを次々に購入する。

今まで我慢してきた分が一気に解放されたかのようで歯止めがきかない。

でも、
楽しい。

おいしい。

嬉しい……。

「おっちゃん、べっこう飴ちょうだい」

「あいよ――って、兄ちゃん、金たりねーぞ？」

え？　うそ……！

「おいおい、砂糖は貴重なんだぜ。1個銅貨5枚は妥当な値段だ。あんた、銅貨3枚しか持ってねぇじゃねぇか。冷やかしなら帰ってくれ」

「あー……ゴメン」

どうやら後先考えずに買い食いをしているうちに手持ちのお金を使い切ってしまったようだ。

いつものルビンなら、パーティのことを考えて節制するのだが、今は一人だ。

飴売りに謝罪すると、財布の中身が随分軽くなったことに気付いて空を仰ぐ。

「――ま、いっか」

明日のことは明日考えればいい。

「邪魔臭いし、レアボックスは古物商に買い取ってもらうか……。残りは素材屋かな」

まずは嵩張るレアボックス。外装に金などがあしらわれているのでそれなりに価値があると思う。売れば宿代の足しくらいにはなるだろう。そのまま、屋台街の隅にある冒険者御用達の古物商を訪ねると、ルビンはよっこいせ、とレアボックスを差し出した。

「いらっしゃ――うお!? あ、あんたルビンさんか」

馴染みというほどではないが、何度か買い取りを頼んだことのある店主だ。

だから、いつもなら、話はとんとん拍子に進むのだが……。いきなり大物を持ち込んだルビンに驚いていた主人。片眼鏡《モノクル》をつけて鑑定し始めて――また驚く。

「こ、こりゃあ……。る、ルビンさん、アンタこれがいくらするか知ってるのかい!?」

「え? いや、さぁ?」

ダンジョンからレアボックスを持ち帰るのなんて初めてだ。

たまたま今回は適当な容《い》れ物がなかったから持ち出したけど……。そんなに驚くほどのものか?

「……外装は金と黒檀。そして、金具にオリハルコン。蝶番はミスリル! 装飾は魔石ですよ!?」

「ぅうえッ!?」

綺麗だとは思ってたけど、レアボックスの塗装の下は希少金属だったらしい。そして、宝石かと思えば魔石……。魔石とは名前の通り魔力を貯める石で、一見すれば安いガラス球にしか見えない。

「参りましたね……。素晴らしい一品なので、買い取りたいのは山々ですけど……」

パチパチと異国の計算機を弾く古物商。

「んー む……。ちょっとウチにある資金じゃ買い取りできませんね」

「え？　そ、そんなに？」

目利きに自信があるというほどではないけど、ルビンだってこれまでもSランクパーティの一員としてドロップ品を沢山見てきたつもりだ。

それでも、商店が買い取り不可能というほどのお宝に出会ったことはない。

「どうします？　時間を頂ければ買取資金を準備しますが……」

「えっと、どのくらい？」

買取金額と時間は――。

商人はう～ん、と唸《うな》っていたが、

「1週間は……」

「1週間!?」

金額よりもまず期間が出てきたことに驚くルビン。

もちろん、そんなに時間をかけていられないということもあるが、それだけ時間をかけないと集められない資金だという。だが、ルビンが欲しいのは今日泊まるための宿代だ。

「と、取りあえず預かってくんない？　引取証と交換で、今日払える分だけ手付金として頂ければそれでいいから」

「おぉ！　それでもよろしいですか？　ですが、残りはすぐにお渡しできるとはお約束できませんよ？」

1週間はあくまで目安だ。それに、この商人が引取証を無視して持ち逃げする可能性もある。

「信用してるよ。ここでヘタを打てばダンジョン都市中に悪名が広がるからね。……やらないでしょ？」

全く笑っていない目でルビンは口角を上げる。

白髪で筋肉質。見た目の随分変わったルビンを一目で見分けていた商人だ。目端は相当に利く。だから、ルビンの言わんとするところは十分に理解しているだろう。

すなわち、高ランクの冒険者相手に――不義理を働くとどうなるかということを……。

「めめっめ、滅相もない！　もちろんですよ。わたくしめをご信頼ください！」

カクカクカク！　と連続首肯で揉み手三昧。

そして、あれよあれよという間に、皮袋に包んだお金と1枚の証文が渡された。

「ありがとう。また来るよ」

「は、はい！　どうぞご贔屓《ひいき》に――」

慇懃《いんぎん》に礼をする商人の見送りを受け、ルビンは古物商を後にした。

物騒な街中で、突如として大金を手にして――……。

第32話「【タイマー】は、襲われる」

古物商の見送りを受けながらルビンは屋台街に戻る。

そのまま、適当な宿を見繕おうとしていたのだが、さっきからチラチラと姿を見せる連中が気になっていた。

やっぱり大金を入手するとこうなるか……。

「……バレてないつもりなのかね？」

元Sランクパーティのルビン。そして、いまやドラゴンの力を宿したルビンには、物陰を伝いつつ胡乱《うろん》な視線を投げかけてくる連中のことはとっくにお見通しだった。

とくに古物商を出たあたりから人数を増やしている。――とはいえ、せいぜい5人程度。どうやら強盗に目をつけられたらしい。

面倒は御免だと思いつつも、宿までつけてこられても面倒だ。レアボックスから移した素材を、宿から回収した背嚢《リュック》に詰め込むと、ルビンはわざと人目の少ない所に行くことにした。

さっさと捕まえたいところだが、衛兵に突き出そうにも、今はまだ何の証拠もない。

「ならば現行犯逮捕といきますか」

現行犯なら、私人逮捕も認められているしね。

そうして、ルビンが間抜けのふりをしてワザと無人の区画に入り込むと――案の定出てきやがった。

ぞろぞろと姿を現すガラの悪そうな男たち。路地の前後を塞ぐように――1、2……5人。

(……これくらいなら簡単かな?)

ルビンは五感を研ぎ澄ませ、伏兵の存在を探るもその気配はない。

それを感じ取ると、ニィと口角を緩める。……どうも、このところ好戦的になってきたようだが、まぁそれも悪くはない。

そして、ルビンはゆっくりと振り返る——5人くらいなら楽勝とばかりに、

「何か用? 俺は忙し——」

「へっへー!! 隙ありぃぃい!!」

ガラの悪そうな男たちに注意を払った瞬間、ルビンの懐から財布がすり取られる。

(な……!? う、うそだろ!?)

ま、全く気付かなかった。ドラゴンの力を得て、全ての能力が向上しているルビンで、これだ!

「ま、まてッ!!」

サササーとルビンの間を駆け抜ける小さな影。それは、ボロボロの格好をした子供だった。

「待てと言われて待たないよ~だ!」

「おう、ガキぃ~よくやった! じゃぁ、あとは俺らのお仕事だ!」

ニィと笑ったガラの悪い男たち。わざとらしく、ボキボキと指を鳴らし距離を詰めてきやがる。

どうやら、5人と1人でグルだったらしい。

そして、ルビンから財布をすり取った子供はといえば、その財布を手にしてブンブン振り回し、

「やーい、ノロマ！　悔しかった取り返してみなー」

お尻ぺんぺーん、

「ばーか。こっこまで、お～い――」

殺すぞ、クソガキ。

「……タイム」

ピタ。

お……！　効いた!!「タイム」って、射程距離も結構あるな。

「あん？　どうした、ガキ？」

「兄貴ぃ！　ガキよりもまずこいつをボコっちまいましょうよ――ほら、ボコらないと。もう前金もらってますし……」

カチーン……と硬直した子供に、強盗どもの親分格が首を傾げている。

しかし、舎弟どもにうながされると、

「あ、あぁ……そうだな。――へへ。兄ちゃん悪く思うなよ、こっちも仕事なんでな」

頭の悪そうな連中だ、スリの子供がカチーンと凍り付いたように動きを止めたことなど、もはやまったく意に介さず、目の前の暴力に飢える男たち。連中は徒党を組んで財布を盗むのがやり口らしいが――そこでやめておけばいいものを、どうやら被害者をブチのめすまでがワンセットらしい。

というか……今「仕事」って言ったかこいつら？

「運が悪かったと諦めな！　やれ、お前ら！　うぉぉお！」

「ぎゃははは！　運が悪――」

「ボッコボコにし――――」

月並みな連中だ。セリフまで月並み。

なので、はい。

「タイム」ぴた――。

どうやら、お気に入りらしいセリフを吐きながら強盗どもがルビンを包囲し、一斉に殴りかかってきたのだが、それを大人しく食らうルビンではない。

もちろん、これを返り討ちにするのは簡単なのだが、せっかくなので――。

はーい、

「――タイム、タイム」

ピタ。ピタ。

「あん？　何やってんだお前ら!?　遊んでんじゃねぇ――」

「兄貴！　俺が手本を――」

はい、はい。

「タイム」「タイム」

ぴた、ピタ――……。

ルビンが手を翳《かざ》し、スリの子供を含めて、強盗たちをあっという間に硬直させた。

きっと彼等の時の流れは、ルビンを殴る寸前で止まっている。

「…………ったく、せっかくいい気分で買い物してたってのに。ちょっと腹が立ったぞ」

——おらぁ!!

グワシっっ！　と、強盗どもの顔面を摑むと吊り上げ、子供を含めて6人を軽々と担ぎ上げたルビン。

「まったく……。わざわざ街中で狙ってきやがるなんてな。どうもタイミングが良すぎる」

おおかた、古物商から出てきたところを見られていたのだろう。そうして大金を持った連中を定期的に狙っているのか……。それとも、あるいはもしかすると、古物商とグルか——。

ま、どっちでもいい。

「ゴミはゴミ箱へ。豚は豚箱へ——ちょっとはお灸を据えてもらうんだな」

そのまま男たちを担ぐと、衛兵に突き出してやろうと大通りに出るのだが、

「ん？」

担ぎ上げた子供が妙に柔らかい。

「……あまりいいもの食べてないのかな？　——って、コイツ女か!?」

第33話「【タイマー】は、衛兵に突き出す」

担ぎ上げた子供をまじまじと観察すると、痩せこけてちょっと臭う少女だった。

あんまりボロボロなんで男か女かも区別がつかなかった。

顔は……まぁ、良くも悪くもないと思うけど、なんでこんなことをやっているんだか。

「つーか、女の子が『お尻ペンペン』とかするんじゃないよ、はしたない……」

子供が犯罪に手を染めるのは、大抵大人のせいだろうと思うが……。

どんな事情があるのか知らないけど、

「――ちょっとは反省してくるんだな」

さすがに子供を豚箱送りにするのはちょっと可愛そうな気もしたので、代わりといってはなんだが、子供のポケットに余った銅貨を入れておいてやる。

強盗の男どもはどうでもいいが、さすがに子供が同じ目に遭うのは、ね。

とはいえ、教育は大事なこと。子供とはいえ、衛兵にコッテリ絞られるだろうが、その分――銅貨でパンでも買ってくれ。

我ながら甘い気もするけど、子供は子供なりに事情があるに違いない。

勝手な自己満足とは知りつつも、ちょっとだけ少女に施しをしてやるルビン。でも、容赦はしない。

そのまま、のっしのっしと路地を出ると、衛兵の詰所に運んでいった。

途中でしっかり財布は回収し、代わりにタレのタップリついた串焼きを購入する。

「おっさん、串焼きくれ」

「あいよ――って、兄さんなんだいそれは？」

それ？　………あ、こいつらな。

「んー？　豚かな――焼く？」

「焼かねーよ。ほい、串焼き3種。銅貨2枚」

「ほい」

甘いの、辛いの、しょっぱいの。それを、財布がわりに子供に握らせると、

「あ、衛兵さん？　強盗です、コイツら」

ボケーと通りを眺めている、暇そうな衛兵の前に突き出すルビン。

「何!?　本当か？　って、待て待て！　――お前、冒険者か？　……ふんッ、冒険者の言うことは信用できん。何か証拠は掴んだのか？」

堅物そうな衛兵は、小馬鹿にしたようにルビンの姿を訝《いぶか》しげに見る。

ま、無理もないけど……。

ボロボロの格好をした、白い髪の細マッチョ。

そして、硬直した男たちを抱えている――どう見ても不審者だ。

「証拠ですか？　まぁ、多分、もうすぐ見れるかと」

「何《なぁに》ぃ……？　もうすぐだぁ!?　貴っ様ぁぁ……！　証拠もないのに、捕まえたのか？　そんな無法がまかり通るとでも――」

「いや、そういうのいいですから。あとは任せますよ」

そのまま。担いでいた男たちを衛兵の前に放り出すルビン。

「おい！　何を勝手な真似を……！」

それを見咎め、喧《やかま》しくがなり立てる衛兵。だが、ルビンはまったく取り合わずに、「よっこらせー」と調子よく、強盗どもを地面に立たせて上手く位置を調整。

「————うん。完璧」

パンパンと手を叩いて埃を落とすと、ルビンは配置を完了した強盗たちを見て満足げ。

「おい、待てッ貴様！」

「あとはよろしくお願いしまーす」

そう言って、踵《きびす》を返して雑踏に消えていくルビン。それを追いかけようとして、衛兵がふと気づく。

ルビンが放置していった強盗が、今にも殴りかからんばかりの表情でカチンコチンに固まっていることに……。少女にいたっては「アッカンベー」をしながら、なぜか串焼き——。

「アイツ勝手な真似を………って、お前ら何のつもりだ？　邪魔だ、そこをどけ！」

ルビンが放置していった男たちと少女。今にも殴りかからんばかりの表情と格好で衛兵の前を塞いでいるのだが、なぜかピクリとも動かず、拳だけを衛兵に向けて——……、

「なんだ？　なんで串焼き？…………お前ら、何か言いたいこと——」

パチンッ！

——そして時は動き出す。

「運がなかったと思って諦めなぁぁぁぁあ！」

「ひゃっはぁぁあああ…………あ、あれ？」

突如動き出した男たち。その振り上げた拳を容赦なくルビンに――――ではなく、バッキーーーーーン！　と、四方八方から衛兵の顔面に炸裂させた。

「――ぶっほぉあああああああ!!」

「あ!?」

「あれ？」

ルビンを半殺しにしようとしていたその拳は遺憾なく威力を発揮……衛兵の顔面にね。

計5発……。

「うぐぐぐぐ……」

ガランガラン～！　と盛大な音を立てて転がる兜。そして、顔面を腫らした衛兵……。

「き、き、き、……き」

ピクピクピクと表情筋がひきつる衛兵。

拝啓、上司様――今日は何もしてないのに、いきなり殴られました。

敬具。まる

――そして、殺す!!

「や、やべぇぇ！」

「ひえ？　なんで？　なんでなんで？　どこだよ、ここぉ!?」

「衛兵殴っちまったーーーー!?」

強盗どもは確実にルビンを殴ったはず。はずなのに…………。

なぜか、怒りが頂点に達する寸前の衛兵の顔面をジャストミートしていたのだ。

「ひ、ひぇぇ……すすす、すんません！」

「お、おおおお、おまわりさん！　これは何かの間違いでぇ……！」

ダンジョン都市に住む強盗なだけあって、衛兵の怖さは身に染みて知っている。高Ｌｖかつ荒れくれ冒険者が闊歩《かっぽ》するこの町の衛兵だ。当然弱いはずがない。

だから、普段は逆らわないし、近づかないようにしている。いるのに…………。

ぶんぶん、べちゃ!!

「こっこまでお～いでー♪　…………あーー」

──あ。

トドメの串焼き。

＆タレ付き…………。

財布をぶん回していたはずの少女。

だが、いつの間にか財布が串焼きに入れ替わり、それを全力でフレッシュ＆ミート!!

べちゃ、べちゃ……！

「ぶッ…………………！」

衛兵の顔面にあつーい串焼きがクリーンヒット。

そいつが、とろーり……とタレらしく粘っこく衛兵の顔面を伝い、顎に滴り——最後は舌でペロリと。

「——…………うまい」

甘いの、辛いの、しょっぱいの……3種類の肉が、スリを働いた少女の手からすっぽ抜けて衛兵の顔面にジャストミート。

その光景を茫然と見ているのは、強盗5人と子供1人。

そして、

「……………………た」

「「「た……？」」」

プルプルと震える衛兵——。

「——逮捕だぁぁぁあああああああ!!」

ジャキィィイイン!!

と、剣を抜き出すと、片手にクレイモア、片手にレイピアの業物《わざもの》を持って衛兵が怒髪天!!

「ぶっ殺してやらぁぁぁあああああああ!!」

「「「「「ぎゃあああああ!!」」」」」

普段より弱者をターゲットにしていた強盗団は本日壊滅したとか、しなかったとか……。

しばらくは街の一角で大捕物が行われたそうである。

——しらんけど。

第34話「【タイマー】は、チェンジする」

そして、次の日の朝ギルドにて――。

「チェンジ」

開口一番ルビンはバッサリと切り捨てる。

「――はい、こちらが昨日お話ししておりました臨時メンバーで……え？」

「だから、チェンジで」

セリーナ嬢はルビンの言葉が理解できなかったのか、営業スマイルのまま硬直している。

……ん？　俺、変なこと言ったかな？

「え～っと……ルビンさんですよね？」

キョトンとしたセリーナ嬢を前に、ルビンは小さくため息をつくと、

「他の誰に見えるんだよ？　俺はルビン・タック。先日付でSランクパーティ『鉄の拳』を脱退し、ソロ冒険者として登録。そして、昨日付でBランクに認定されたルビン。…………他に聞きたいことはある？」

「い、いえ……。はい」

どっちだよ!?

「ですが、はい……。えっと、こちらの二人が昨日お話ししていた――」

だーかーらー！

「チェンジで!!」

「しょぼ～ん」

「る、ルビンさん酷いわッ」

セリーナ嬢の言う二人。そこにはしょんぼりと項垂れたサティラと、ブリッ子モード全開のメイベルがいた。よりにもよって、セリーナ嬢が言う紹介したいメンバーというのがコイツ等とは……。

「いや、セリーナさん事情知ってるでしょう!?　あなたも滅茶苦茶関わってたじゃないですかッ!?」

「え、えぇ。まぁ、その──はい」

だったらなんで!?

「とにかく、コイツ等とパーティを組むなんてあり得ませんから！　だから、チェンジでッ！」

「し、しかしですね!?　今のルビンさんに釣り合うメンバーなんてそうそういませんよ？　ルビンさんは、知識だけでCランクに相当し、しかも、非公式にとはいえSランクパーティの前衛を圧倒しました。そしてドラゴンを単独で狩れる強さ……！」

そんな化け物クラスの冒険者に!!　と、セリーナは力説するのだが。

「いや、だからって……！」

そう言って、嫌そうにサティラたちを見るルビン。正直、顔も見たくない。

「お気持ちは分からなくもありませんが、ルビンさんを完璧にサポートできて、今手が空いている冒険者なんて彼女たちくらいなんです。ですから……ね？　この際、過去の遺恨は忘れて……」

はぁ？　過去って、アンタ……──つい先日の話だよ!?

「いや、そりゃ無茶苦茶ですよ！　俺はコイツ等と関わり合いになりたくないから、ソロになり、パーティから正式に除名してもらったんじゃないですか？　オマケにランクの再認定まで──……なのに!!」

「こ、コイツ等って……！　こ、この、荷物持ちのくせにっ」

「め、メイベルぅ。やめなって！……ご、ゴメンね、ルビン。私たちも詳しくは、さっき聞いたばかりで……。その、ルビンは嫌だよね？」

サティラがションボリしたまま、上目遣いでルビンを見つめる。その目は本当にすまなそうだ。

不覚にもクラっときそうになるが、その度にフラッシュバックするのは、あのダンジョンで囮にされた時の光景……。

チリィン♪

（わかってるよ、キウィ……）

「──『嫌か？』だって？……当たり前だろ？　もう、俺は『鉄の拳』じゃない。そして、お前らにはドロップ品で十分に借りは返したと思うけど？　クエストの報酬だって渡したし、オマケにレアアイテムの権利も譲ったよね？」

「う、うん」

「ちっ。……（えらそーに）」

おい、何か言ったか？

「それとも、何？　エリックの分の仕返し？　あれは正当防衛だと思ってるけど、……その気なら――」

「ち、違うよ！　本当に違うから！」

サティラはぶんぶん首を振って否定する。

メイベルはそっぽを向いている。

「どーだか……。ふふん。ゲロの臭いには慣れたの？」

「う…………！」

その言葉にサティラが途端に口を押さえてしゃがみ込む。もちろん、実際にはゲロの臭いなんてしない。

だけど、その言葉はサティラには随分効いたらしく突然えずきだす。

「ちょ、ちょっとルビンさん！」

「え？」

非難がましい目をセリーナ嬢に向けられ戸惑うルビン。

「いくらなんでも、女の子に言っていい言葉じゃないですよ？」

「はぁ？……あっそー、言っとくけどさ、そうさせたのはセリーナさんだよね？　こうなるってわからなかった？」

「う……」

少し苛立ち始めるルビン。わざわざギルドに呼びつけておいて、見たくもない顔と顔を合わせられる気持ち……。セリーナ嬢には、それがわからないらしい。

「ですが、そ、それは――」

「あのさ？　俺はコイツ等に殺されかけてるんだよ？　しかも、そのあとの態度だって見たでしょ？」

ダンジョンで囮にされ、命からがら帰ってきたら妙なイチャモンで絡まれる。オマケにこれだ……。

「なに？　セリーナさんは、もしかして俺が『わぁ！　サティラとメイベルじゃん！　また会えるなんて～！　一緒に冒険に行こうッ』……とでも言うと思ったの？」

わざと口調を変えておどけるルビン。それはセリーナ嬢の感情を酷く刺激したらしい。

「そんッ、な、こと……」

少し涙ぐんだ彼女に多少は良心の呵責《かしゃく》を覚えたものの、ルビンに謝る気はなかった。

……そういえば、昨日の別れ際に「ルビンさんはイイ人」とかほざいていたな？

「あ、う……。す、すみません」

「もういいけどさ。……他のメンバーでお願いします」

さすがにセリーナ嬢も自分の配慮が至らないと、ようやく気付いたらしい。

ルビンとしては苛立つだけの最悪の気分だ。

「し、しかし……！」

なおも食い下がるセリーナ嬢。彼女なりに何か考えがあるようだが……。

「聞いてください、ルビンさん。……今、ルビンさんはギルドの筆記試験を合格した実績があります。そして、そこにメイベルさんたちが加われば、臨時とはいえ試験をクリアした扱いになるので、暫定的にですが『Sランク』に認定できるんです！」

いや、さ。

「——俺、ランクとかにそこまで拘《こだわ》りないんでいいです。そういう話ならもう行っていいですか？」

さすがにウンザリしてきたルビンはセリーナ嬢に背を向け、ギルドを去ることにした。

マジでウンザリだよ！

第35話「【タイマー】は、『時の神殿』の詳細を聞く」

「ま、待ってください！　──特殊依頼《スペシャルクエスト》は……『時の神殿』はどうするんですか⁉」

あ。

「今なら、ギルドからサポートができます。もしかすると、あそこに【タイマー】の手がかりがあるかもしれないんですよ⁉」

む……。ぐぬぬ──確かに、気になる。滅茶苦茶気になる……。

【タイマー】とは何なのか、それを知らねばならない──。

「…………はぁ、わかりました。セリーナさん、とにかくお話を伺いましょう」

そう言って再び席に着くルビン。セリーナ嬢はあからさまにホッとしていた。

そして、明らかに勘違いしている奴らが二人。

「ルビン……」

「る、ルビンさん⁉　私たちなら、ぜんぜん気にしてないですよ！　過去のことは忘れて……」

は？　何言ってんだコイツ。

ルビンは首だけを、クル～リとメイベルに向けると、

「俺が忘れねーよッ。二度と関わるなッつってんだろ！」

「「う……」」

その言葉にションボリ俯《うつむ》くサティラと、ムッとした顔のメイベルが実に印象的だった。

目クソ鼻クソのレベルでしかないが、髪の毛一本分はサティラの方がマシだ。

もっとも、ルビンはされた仕打ちを絶対に忘れないし、許す気もない。

「いいから、視界から消えてくれ――。お前らとパーティを組む気は、一切ない!!」

そう言い捨てると、もはや彼女らのことは空気だと言わんばかりに意識から追い出してしまったルビン。

それを見ていたセリーナ嬢は軽く額を押さえると、

「……困りましたね。前にもお話ししましたが、『時の神殿』は二人以上でないと入れないんですよ。ですから、最低でも――あと一人はメンバーがいないと……」

本当に困った様子でセリーナ嬢は頭を抱えていた。彼女の中でどういう皮算用があったかは知らないが、メイベルたちでパーティを組ませて攻略させれば手っ取り早いとでも考えていたらしい。

――だが、断る。

「……最低でも、あと一人いればいいんですね？」

「え？　あ、ま、まぁ、誰でもというわけではありませんよ!?　サティラさんたちを紹介したのにも事情があるんです」

いや、あんた。だからといってね……。

「――誰か探しますよ。ギルドにはこれだけ冒険者がいるんだし」

そう言って、増え始めてきたギルド内の冒険者たちを見渡すルビン。

「そんな簡単にいるわけないじゃないですか……。ルビンさん、アナタ結構無自覚ですけど――めちゃくちゃ強いんですよ!?　自分のこと知ってます？」

むぅ……。むぅ――。

「はぁ。とりあえず『時の神殿』についてお話ししますね。サポートするというお約束ですから……。まずは、『時の神殿』のクリアに必要な条件としては――」

セリーナ嬢はそう言って、羊皮紙を取り出し洒落たペンでメモを書きつけていく。

「――まず前提として、あそこは古《いにしえ》の時代に作られたトラップで溢れています。おかげでモンスターの類はほとんどいませんが、その分トラップは凶悪の一言に尽きます」

要点をメモしつつ、セリーナ嬢はギルド内の冊子から、冒険者用のガイドマップを開いて見せた。

そこには様々なトラップの種類が記載されており、

「――感圧式、圧力開放式、連動式、魔力感知式、罠線式……。とにかく『時の神殿』は、これらのトラップが至る所に仕掛けられています。これだけでも、生半可な腕前の冒険者ではまず突破は不可能です。また、シーフ殺しと言われる、魔力タイプの罠や連携トラップも多く、単に罠が解除できるシーフならよいというわけではありません」

なるほど……。

「そのため、過去の突破事例から類推する条件としては、『素早く』、『目端が利いて』、『なるべく小柄』であることが望ましいです。仕掛けが至る所にあるうえ、互いに連携して解除しなければならない罠も多いためです。そのため、信頼できるか――裏切らない人物の協力が必要不可欠となります。――なにせ、命に関わる仕掛けが大半らしいので……」

そこで一度言葉を区切るセリーナ嬢。

「そして、できるなら女性がいいでしょうね。トラップは感圧式が多いため、男性だと体重のせいで発動させてしまうでしょう。まぁ、軽い男性でもいいのですが、この近辺で活動している冒険者にそのような条件に該当する人物はおりません」

そこまで一気に言いきった後、セリーナ嬢が目を光らせる。

なるほど、非常にシビアな条件だ……。ギルド経由の情報なので、セリーナ嬢個人の嘘ということもないのだろう。つまり、その条件に合致する女性がパートナーに向いているというのは事実らしい。

「──ですから！　サティラさんやメイベルさんがピッタリだと思うんですよ！」

「いや、無理ですって」

「…………ど、どうしても？」

「どうしてもです！……くどいですよ？」

「──ですが、彼女たち以外に該当者なんて……！」

やはりどうしてもサティラたちを組ませたいようだ。そこに、セリーナが言う条件。

……小柄ですばしっこくて目端の利く女性。

なるほど、Sランクパーティの彼女らなら、それに該当するだろう。

──だが、断る！

だいたい、信頼できるって条件を入れるなら、メイベルたちは論外だ。

命を預けなければならない場面が生起したとして……。信用できるわけがない。

でも、確かにそんな条件に合致するような──……。

うん？　待てよ……。

裏切らない人物ってことは、逆に考えれば、『裏切れない人物』でもいいということだよな？

そして、凄腕の小柄な女の子……。うーん？？　なんか、その条件どこかで……。

──「おしーりペンペン！」

「あっ」

さっきの条件なら──。

「ふむ…………一人、心当たりがある」

第36話「【タイマー】は、留置場に向かう」

ルビンがギルドで今後の方針を検討している頃、無視された格好のメイベルたちが憤慨していた。

「何よ。アイツ!!　失礼しちゃうわねッ」

プリプリと怒るメイベル。ルビンが無視しているのに気付くや、背後でギャーギャーと煩《うるさ》い。やれ、「こっちを向け」だの「恩知らず」だの。まー、言いたい放題だ。

それを諌《いさ》めているのが、意外や意外。あの天然マイペース少女のサティラ。

ションボリした様子で、メイベルの袖を引いて、

「もう、行こ？　ね」

と、あっさり引き下がろうとしている。

(ふん……。今さら殊勝な態度をとっても遅いんだよ)

チラリとだけ、サティラたちを確認すると、チビの大賢者《サティラ》さまに引き摺《ず》られるようにしてメイベルがギルドから出ていくところだった。

ちょっと前までは仲間だった連中。それが今や顔も見たくない。

「──いいんですか？　仲直りできる最後の機会だったかもしれないのに？」

「余計なお世話ですよ──。彼女らもエリックたちと同類です」

たしかに、サティラたちはエリックやアルガスと違い、ルビンやキウィに直接手をかけたわけではない。

……わけではないけど——彼女たちもそれを暗に認めていた。

——ならば、同類だ。今さら元の鞘に収まるつもりなんてサラサラない。

すでに彼等とは袂を分かったんだ。

「じゃあ、あと一人に当たってみます。どうなるかわかりませんけど……」

「は、はぁ？　本当に条件に合致しているんですか？　なかなかシビアな条件——」

「ね、ねぇ!!」

セリーナと話し込むルビンの背中に、聞き覚えのある声。

これは……。

「まだいたの？　サティラ——」

「ごめん……。ごめんね、ルビン。ごめんなさい！　ごめんなさい、私が……。私たちが悪かったの！」

ひくっ。と少ししゃくりあげてサティラが謝罪した。その言葉にルビンは少し驚いたものの。

「そう」

あっさり。

だから何だ？　もう、遅いよ……。

「ご、ごめん。ただ、謝りたくて——」

「うん。聞いたよ。じゃあね」

もう話すことはないとばかりに、ルビンは背を向ける。その背中に、しばらくの間サティラの視線が刺さっているのを感じるが、ルビンは決して振り返ることはなかった。

そして、
トボトボと、サティラが去っていく気配を感じると、ようやく「ふぅ」と一息つくルビン。

「……ほんとに、よかったんですか？」

「何が？」

「い、いえ……」

セリーナ嬢もそれ以上は深く突っ込むことはなかった。

「じゃ、心当たりに行ってきます。ダメだった時はよろしくお願いしますね」

そうして、ルビンはギルドを出発する。

メイベルたちのせいで時間を無駄にした。それよりもあの子だ。ルビンから見事にサイフを奪った少女。

だけど、別に知り合いでもないし、能力のほどは知れない。

……言っておいてなんだが、そこまで期待していない。

つまり、本音で言えばメイベルたち以外なら誰でもよかったのと。ただ、少し引っかかりがあっただけだ。

そう。あの時、少女は確かにルビンからサイフを奪ったのだ。まるで知覚できないほどの御《み》業《わざ》を持って……。

『タイム』を操り――、そして、ドラゴンの力を得たルビンをも出し抜いたのだ。

そんな少女のことが……未だに腑に落ちない。

（あれはまるで……）

あの速度と、早業。

アレは紛れもなく、一流だ。だがそれ以上に――。

「わかりました。メンバーが揃ったならばまた顔を出してください。『時の神殿』の近隣まで案内役を紹介しましょう」

「ありがとうございます。それじゃあ」

そうして、ルビンは新しいメンバーを探しに出かけるのだった。

そのままギルドから出たルビンは真っ直ぐに衛兵隊本部に向かった。多分、あのゴロツキども含めて衛兵の詰所で逮捕されたなら、本部に送られているはず。

なにせ、取り調べも一時的な留置も、詰所でやるよりも本部でやる方が合理的だからだ。

「――さて、アイツいるかな？」

本部の威圧的で重厚な正面を潜ると、内部はさらに薄暗く、そして陰鬱で妙によそよそしかった。

「えっと……」

受付のようなカウンターには暇そうな顔をした中年の衛兵が一人――。

「あ」

「あ」

やべ。あの時の衛兵だ。

「――お前！　その顔覚えているぞ！」

「あ、あーどうも……」

ちょっとまずい相手だな。だけど、別にルビンが悪いことをしたわけではない。そもそも、犯罪者を引き渡しただけなのに、まともに取り扱わなかったこの衛兵にも落ち度がある。

そして、件《くだん》の衛兵もそれを理解しているのか、本部内で言及するのを避けた。

「ちっ。で、なんの用だ？　自首なら歓迎するぞ」

舌打ち一つ。冗談とも本気ともつかぬ軽口を叩かれるルビン。

「まさか、俺は品行方正、善良なイチ冒険者ですよ」

皮肉には皮肉。

軽口には軽口。

世は事もなし。

「け。よく言うぜ——まぁいい、要件をサッサと言え、俺は忙しいんだ」

どこがだよ。

「あ、あー。昼に引き渡した子供なんだけど……」

「子供？　あー。あのガキか。檻にぶち込んであるけど、それがどうかしたか？」

げ。やっぱり豚箱送りか。

説教くらいで済むかと思ったけど、衛兵隊は融通が利かないらしい。

まぁ、おかげで探す手間が省けたけど……。

「え～っと、ちょっと彼女に頼みたい仕事があって——あ、犯罪じゃないよ？　れっきとしたギルドの依頼《クエスト》なんだ」

「ギルドのクエストだぁ？　あのガキでか？　——ほう……なんだ、なんだぁ。もしやゴブリンの餌か苗床にでもしようってのか。がはははは」

何が面白いのか、ゲラゲラと笑う衛兵。だが、付き合う気もないルビンは、

「ちゃんとした仕事だよ！」

「ふん。…………保釈金、金貨20枚だ」

な⁉　ほ、保釈金⁉

「高くないか⁉　き、金貨20枚って……」

「いやなら他を当たれよ。れっきとした保釈金だ。別に違法でもなんでもねぇぞ？」

それだけ言うと衛兵はプイっとそっぽを向いてしまった。だが、ニヤリと薄く笑ったかと思えば……。

「釈放するなら、早い方がいいぜ？…………あのガキ、男だらけの雑居房《ブタバコ》に放り込まれたからな。中でナニをされているやら——」

な、なんだと……⁉

第37話「【タイマー】は、牢屋を駆ける」

あ、あの子を男どもと一緒に雑居房《ブタバコ》に入れただと!?

「お、おい、アンタ！　あの子はまだ子供だぞ!?」

「はぁ？　何言ってんだよ、お前……。お前が突き出したんだろうが」

ぐ……。

「そ、そうだけど、何も男と同じ檻に入れなくても！」

「バーカ。子供用の檻があるとでも思ってんのか？　ここは託児所じゃねーぞ」

話にならんとばかりに、衛兵はルビンから視線を外してしまった。

「くそ……。わかったよ、ほら！」

バンッ！　と叩きつけるように金の入った革袋を机に置く。

「ほ――？」

衛兵は驚いたように革袋を見ておもむろに手に取ると、中身を机に広げ出した。

「驚いたな……。本物じゃねーか」

カチカチと歯を当てて金貨の質を確かめている。

ホンの少し歯形がついたところでようやく本物だと確信したらしい。

「当たり前だ！　人命がかかってるのに、偽物を出すかよ！」

「大袈裟な奴だな。別に殺されやしねーよ。ま、あっちはどうか知らねーがな。ゲハハハハハ」

クソ。なんて奴だ！

「もういい！　金貨20枚。確かに払ったぞッ」

そう言うと、「貸せよッ！」ルビンは衛兵から鍵を引っ手繰《たく》る。

「――連れていくからなッ!?」

「おう。連れてけ、連れてけ。――焼くなり、剝くなり、好きにしな〜。……ガキは一番奥の雑居房だ。牢番はいねーからよ、あとは自己責任でやるんだな。ゲハハハ！」

くそ、仕事しろっつの！　勝手に檻から連れていけ――とか、どんだけ杜撰《ずさん》なんだ!!

「ったく!!」

悪態をついて衛兵隊本部の奥へと小走りで向かうルビン。

たくさんの衛兵がいるというのに、本部の中にズカズカと入っていくルビンを見咎めもしない。

そして、ルビンは慣れない建物を迷いながら行き、ようやくそれらしい場所を発見した。

「ここか！」

目の前にはデッカイ格子扉。

さらに奥には左右に分かれた格子が多数並んでいる。それらから絶えず溢れ出ている垢じみた悪臭……。

「うぐ…………！」

なんて臭いだよ！　たしかに、こりゃブタバコだ……。

「ひ、ひでぇ、臭いだ」

あまりの悪臭に涙が滲《にじ》む。なるほど。どーりで牢番がいないわけだよ！

そこに、

「おい、兄ちゃん！　鍵持ってんじゃねーか、出してくれよ!!」

「お、こっちだこっち！」

そのうちに、いくつかの牢の中で囚人が騒ぎ出した。

どうやらルビンが牢の鍵を持っていることに気付いたらしい。

「はっ、お前らに用はない！　――くそ、あの子はどこだよ！」

たしか、一番奥――……。

「やだ!!　やめてぇぇぇえええ！　いやああああああああ!!」

その時、鋭い悲鳴が牢屋中に響き渡ったッ。

第38話「【タイマー】は、突入する」

「く……!!　マズイッ！」

ルビンの耳をついた少女の叫び声。

「お……？　なんだなんだ？　女がいるのか？」

「いや、ガキの声だぜ？」

「構やしねぇよ！　羨ましい房があったもんだぜ！　ぎゃははははは」

好き勝手に宣《のたま》い笑い転げている囚人たち。

コイツ等はしょっちゅう牢屋を出入りしているような筋金入りの悪なのだろう。

こんな獣《けだもの》の中に子供を入れるなんて――!!　狼の群れに羊を入れるようなものじゃないか!?

「くそ、急がないと――！」

声の感じからして、まだ辛うじて無事だ!!

だから急ぐッッ!!

こんな連中に捕まったらあの子は終わりだ。最悪ボロボロにされて命まで奪われかねない
――。

「って、どの鍵だよ!!」

ジャリン!!

重厚な音を立てて鍵束が鳴る。

（こ、これ。何本あるんだ!?）

ルビンは牢屋と衛兵隊本部を繋ぐ通路の格子扉でさえ、未だに解錠できていなかった。

「くそ！　くそぉ!!」

ガチャガチャ……！

――ダメだ!!

「おいおい、早くしろヨ～」

「ひゅーひゅー♪　お兄さんのいいとこ見てみたい～！」

焦るルビンを囃《はや》し立てる囚人たち。

それを聞いて苛立つルビンはさらに手の動きが鈍くなり、鍵を探す手が震える。

ガチャ、ガチャ……！

――これも違う!!

幾度となく、失敗し――そしてようやく、
ガチャン!!

――開いたッ!!

「きゃぁぁあああああああああッ!!」

少女の鋭い悲鳴に一刻の猶予もないと知り、ルビンは牢屋の中を駆ける！

「く……！　い、今行く!!」

そこは汚い牢屋が立ち並ぶ通路。そして、垂れ流しになっている糞尿。左右の牢屋からは囚人たちの生臭い口臭と、鼻をつく垢じみた体臭が……。

「うぐッ」

息をすればそれだけで吐きそうだ。

だが。それでもルビンは行く。少女の悲鳴を聞いて駆けつける!

そこに、

「おい! そいつを捕まえろッ! 鍵を持ってるぞ!」

「なんだと!? おらおら～! 待て、こらぁぁ――――いづッ」

左右の牢屋から囚人たちが手を伸ばし、ルビンの進路を妨害してくるではないか。

このッッッ!

「――邪魔だ、どけぇぇけけええ!」

その手を振り払っていくルビン。

中にはレスラーのような巨漢もいて、そいつに腕を捕まれそうになるが、ドラゴン由来のパワーを発揮して強引に妨害の森を駆け抜けていく。

「いで!」

「この野郎ッ!!」

くそ……遠いっ!

「やだぁぁあ! やめてぇぇぇ! 触らないでぇぇぇええええ!」

少女の声が聞こえるその場所――最奥の雑居房っ!

「いやぁぁあああああああああああああああああ!」

「ひひゃははははは! ついてるぜぇ、ガキに女が交じってやがった!」

「うひゃははははは! あ、兄貴、は、はやく味見しようぜ……!」

「「「ぎゃはははははははは！」」」

下卑た笑い声をあげる男たち。

そして、その男たちに組み敷かれ、裸に剝かれている少女を見て――。

「おまえらッ」

全身が総毛立つような怒りがルビンを突き動かすッッ！

ザワザワザワ……。

ルビンの身体を巡るドラゴンの血肉が、沸き立ち躍る……。

敵を食らえと、
立ち塞がるものを踏みしだけと、
全てを燃やし尽くせと――!!

そして、
ボロボロにされている少女を見て、ルビンの血が一瞬にして零度にまで下がったかと思えば
……！

今度は一気に沸騰し、怒りに震える。

「こぉぉおのおおおおおお！！！」

いい大人が年端もいかぬ少女を強姦しようとするとは――!!

「つざけんじゃねぇぇぇええ!!」

「あぅぅ……」

恐怖に震える少女の姿が、エリックたちに殺されたキウィの姿にダブって見える――……！

——おらぁぁぁあああ!!

牢屋に取り付きがてらに、ドロップキック!!　ガシャーーーーン!!　と格子の枠が派手に振動して、牢の中の空気を盛大にかき回した。

「うおおお!?　な、なんだぁあ」

「ひゃあああ！　え、衛兵かぁ!?」

「きゃあ!!」

全員が全員もれなく驚く。

「テメェら、その子に指一本でも触れてみろ！　その首ねじ折ってやる!!」

ルビンの啖呵《たんか》に、一瞬牢内がシンと静まり返るも——。

プ………っ。

「ぶはははははははは!!」

「ぎゃはははははははは!!」

「「「あひゃはははははは！」」」

途端に嘲笑で溢れ返った牢屋。

「お、おいおい、衛兵じゃないぜ？　なんだこの兄さんは！」

「お。見ろよ——。鍵持ってるぜ？　なんだ、なんだ？　輪姦ショーに交ぜてほしいってか!?」

隠し持っていた粗末なナイフをチラつかせ、少女の顎にピタピタと押し当てる男たち。

そして、ベロリと肌を舐《な》める。

「ひぃ……。やだぁ!!」

(コイツ等、大勢で寄ってたかってこんな小さな子を!!)

ルビンの中では、このボロボロの少女の姿はあの日のキウィを否応なく思い出させるものだった。

「テメェら! その子を離せッ!! さもなくば……」

ルビンは牢屋の底から彼等を威嚇《いかく》するも、全く意にも介さない男たち。

「さもなくば何だよ? ああん!?」

「なんだぁ? 偉そうにぃ——仲間にしてほしいなら、来いよ。一緒に楽しもうぜぇ!」

そう言って挑発する。

「くそ。やめろ!! その子に手を出すなッ」

最悪の状況下だ。

下手をすれば、少女は死ぬ! きっと死ぬまで犯された挙句、死体すら弄《もてあそ》ばれるだろう。

こんなクズどもが、他人に配慮するなどあり得ないのだ!!

ルビンは慌てて鍵束を取り出し、なんとか解錠を試みるも——……ああ、くそ!

鍵が多すぎる!!

その間にも、少女を痛めつけようと雑居房中の男たちが集まり始めた。

「ぎゃははは!」

「ギャラリーが増えたぜぇ!」

「うっひっひ! 兄貴ぃ、早いとこおっぱじめましょうや!!」

すでに全員が臨戦態勢。

いきり立った怒張を少女に突き立てようとして――――!!

今にも少女を痛めつけんとして――――!!

「よせッ!!」

ルビンの制止の声もむなしく。

「ひひゃはははははは！　お嬢ちゃん、覚悟しなぁぁああ」

「いやぁぁぁああああああああああああ!!」

やめろぉぉおおおお！

「ひひひ！　テメェはそこで指でもくわえて見てな――今から、たっぷりと――」

少女にねじ込もうと、汚らしいそれを今まさに打ち込まんとする！

「この、外道ぉぉおおッ！　やめろーーー!!」

鍵
鍵
カギ!!

鍵が合わねぇぇえ!!

「ひゃは、ヤメロと言われて止めるかよぉぉお！　ぶち込んでやるぜぇぇぇぇえ!!」

小汚い肉の槍!!

振り上げられた拳!!

それは、小柄な少女に対してなんと凶悪な太さかッ!!

さ、
させるかぁぁあ!!　――――――「タイム!!」

「ひゃは――」

ピタ――――!

今まさに拳が落ちんとするそのタイミングで男が硬直する。

そして、少女が犯される瞬間を心待ちにしていた男たちが、ようやく訝《いぶか》しげに視線を泳がせ異変に気付いた。

「「「ありゃ?」」」

「あ、兄貴?　ど、どうしたんで?」

「なんでぇ?　なんで、コイツ固まってるんだ?」

弟分やら、囚人仲間がザワザワと騒ぎ出すも、それで簡単に引き下がる連中ではない。

「ど、どけ。コイツが殺《や》んねぇなら、オデが一番槍だぜ――ぐひひ」

雑居房の隅からでっぷりと太った男が好色じみた顔で進み出てくると、ニチャアと笑う。

(……コイツ等!!)

「ひひ。一番槍はもら」「タイム!!」

カチーン。

しかし、そいつも硬直。そこでようやく異常事態に気付いた男たち。

「な、なんだぁ!?　魔法か?」

「こ、こここ、このあんちゃんだぜ!」

「てめぇ、兄貴を元に戻せ!!」

ふざけんなよ!!

ギリギリと歯ぎしりするルビンに危機感を覚えた囚人たち。

「か、かまうこたぁねぇ!!　奴は中には入って来れねぇ。なら、一斉にガキにぶち込めッ！」

「「おうよ！　うおおぉぉおおおおお!!」」

雑居房中の囚人が一斉に怪鳥のような叫び声をあげて少女に襲いかかる。

……コイツ等、そこまでして何がしたいんだよ!!

「きゃあああああああああああああああ!!」

ち────数が多い……けど!!

「タイム!!」

まずは手近の一匹を「タイムっ」

そして、並み居る男どもを片っ端から「タイムっ！」

カチン……。

──なめるなよ!!！

「タイム、タイムタイムタイムタイムタイムタイム」

カチン、コチン。カチーン！

「うお!?　こ、こいつ!!」

「ひ、怯《ひる》むなッ！」

「「や、やっちまぇぇええええ！」」

お前らアホか!? 何がしたいんだよッ!!

囚人どもは意固地になって少女を犯そうとする。だが、もはや何がしたいのかすらわからない。

ただただ、目標にされている少女からすれば恐怖以外の何物でもないだろう。

「やだぁぁ! 助けてぇぇぇえええええ!!」

「待ってろ!! キウィ!! 今助ける!!」

そうだ……。

あの時にこの力があれば……!

あの瞬間に「タイム」が使えれば——……!!

あの刹那に時間を止めることができればッッッ!!

「——俺はキウィを救うことができたッ!!」

だから、

「タイムタイムタイムタイムタイム!!」

ピタ、カチン!!

「ひぇえ!?」

「や、やべぇぇえ!!」

——そう、だから!!!!

「今こそ、俺はこの子《キウィ》を救ってみせるッッ」

片っ端から「タイム!!」だぁあああああ!!

「タイム、タイムタイムタイムタイムタイムタイムタイムタイムタイムタイムタイムタイムタイムタイムタイムタイムタイムタイムっっっ!!」

まだまだぁぁああ!!

タイム、タイムッ!

時ヨ、止まれ…………!!

「はぁはぁはぁはぁ……」

…………………しーーーーーーーーーん。

「はぁ——あ、あれ…………?」

波状攻撃がいつの間にか止んでいる。見れば、格子の先で男たちに襲われそうになっていた少女を除いて、全ての者の時が止まっていた。それは最奥の雑居房だけでなく、近隣の房内も、

そして、

「…………………ふ、ふみゅ?」

身体を丸めて、ガタガタと震えていた少女が恐る恐る顔を上げる。

そこには、自分に襲いかかろうとした男たちが暴力を吐き出す寸前の姿で硬直し、

「ひッ!」

だが、ピクリとも動かない。

「間に合った……………………」

今度は間に合った。——間に合ったよ、キウィ…………………!

「え? え? ええ??」

時の止まった空間……。暴力的な男たちは鳴りを潜め。

代わりに、
そう、代わりに少女が見たのは、暴力的な囚人ではなく、そこにいたのは——。

「あ、あれ? き、昨日の……? 銅貨をくれたお兄さん??」

第39話「【タイマー】は、少女に出会う」

――銅貨をくれたお兄さん??

少女はそう言って不思議そうにルビンを見る。どうやら、顔は覚えていてくれたようだ。

「ふぅ…………大丈夫か？」

タイムの連発のせいか、少し震える手。そして、同じくブルブルと震えている少女に手を差し伸べる。

鍵が分からないので、取りあえず格子の隙間からソッと伸ばして、柔らかそうな髪をサワサワと。

「うひゃ……！」

だが、少女の反応は明らかに怯《おび》え切ったものだ。

「さ、触らないで!!」

「う…………」

そりゃそうか。

少女からすればルビンは、昨日自分を捕まえて衛兵に突き出した張本人だ。

しかも男。たった今しがた男どもにブン殴られそうになっていたのだ。怯えて当然である。

その上で、昨日のこわーい男が牢屋の奥にまで現れたのなら、何か悪意を持って近づいてきたと思われても仕方がない。

「えっと……」

どうしよう。なんて言えばいいんだよ？

な、何も考えてねぇ……。

「お、お願い……。ひ、酷いことしないで」

「ひ、酷いこと⁇　い、いや、何もしないよッ！　ナニもしない‼　え、えっとー、き、君をここから出してあげようと思って」

「う、嘘だ‼」

（うぐ。ま、まーそう思うわな……）

少女は怯え切って、雑居房の奥まで逃げて縮こまってしまった。

ボロボロで、異臭漂う毛布を頭からかぶってガタガタと。

「え～っと……うーん、と」

（まるで子犬だな……）

召喚したての頃のキウィを連想させる姿に、ふとルビンの口角が緩んだ。

「――大丈夫。本当に何もしないから」

そうして、キウィのことを思い出したならば、彼とコミュニケーションをとっていた時のように、目線を少女に合わせる。そして、ソッと手のひらを差し出し、敵意がないことを示す。

そのままジッと――。

「う……。ほ、ホントに？　ホントにここから出してくれるの？」

「あぁ、嘘じゃない。……保釈金は俺が払っておいた」

「え⁉　そんなのウソ！」

嘘じゃねーよ。

「ホントだよ。ホラ、鍵も衛兵から借りた」

ジャリンと重々しい音を立てる鍵束を見せると、少女もようやく納得したのか雑居房の隅からコソコソと近づいてきた。

「ほ、ホントに？　ホントに？　でも、ど、どーして……」

そ、そりゃ～……。えっと、どうしてだっけ？

「えっと、ほら。き、昨日、君が俺の財布を奪っただろ？」

はぁ？

「え……うん。ご、ごめんなさい……。――――ッ！　ま、まさか仕返しに!?」

「い、いやいやいやいやいや、違う違うッ!!」

「嘘だ!!　絶対ここから出したあとに酷いことするつもりなんだ！　親分さんたちと一緒なんだ！」

しねーよ！　つーか……親分って――。

「あー。あの一緒に捕まった人たちはこの中にいるのか？」

「いないもん!!　『お前が自首しとけッ！』って言って僕を置いていったんだもんッ」

あ、あー……。なるほど。裏家業の処世術ってやつだなこりゃ。

実行犯を現場に残して、自分たちはまんまと逃げおおせる。

そして、残された実行犯は大抵が使い捨てか、下っ端ってやつだ。当然、この少女も使い捨てなのだろう。っていうか、この娘「僕」ッ子なのね。

見た目もボロボロで汚いので、ぱっと見は男か女かもわかりゃしない。

「大丈夫。親分も関係ないし、別にここから出した後も何もするつもりはない——ただ」

ビクリと震える少女。

「た、ただ？」

「うん。君の腕を見込んで仕事を依頼したい……。君、あの時のスリの腕前は見事だったよ。まさか俺から財布を奪えるなんて思わなかった——」

「う、ご、ごめんなさい」

自分の能力に自惚《うぬぼ》れるつもりはないが、エリックたちを簡単に制圧してしまうほどの腕と能力をドラゴンから得たルビン。——にも拘わらずこの少女は、ルビンに知覚すらさせずにあっと言う間に財布を奪い去ってしまった。それは、もはや「何らかの能力」と言っても差し支えはないだろう。

「だからね。本当に君の腕を見込んでのことなんだ。とあるギルドの依頼があって——その……手助けをしてほしいんだ。……だから、ここから出してあげる」

「う…………。嘘ッ！　絶対出したらひどいことするつもりだもん！　——ッ。か、身体は絶対売らないんだからぁ!!」

へ？　か、身体って…………。

あ、あー。

「そういう趣味はないよ。本当だ」

「嘘《ロ〇コン》だ!!」

嘘じゃねぇぇぇぇえええええええ!!　誰がロ○コンじゃぁぁぁああああ!!

「どこでそういう言葉覚えるのよ!?　いいから、出るよ……!　それとも、ずっとここにいる?」

少し強めの口調で半ば脅すように言う。ちらりと視線を誘導してやると、少女の背後では男たちが今にも動き出しそうな様子で硬直している。その様子を恐々と見ていた少女がルビンの言葉にビクリと震える。

「や、やだ……!」

「だったら、出よう?　――――仕事のことは追々考えてくれてもいいから。君みたいな子がこんな所にいるべきじゃない」

俺が衛兵に突き出しておいて言うのも、なんだけどね……。

「う、うん……分かった。――でも、ホントに酷いことしない?」

上目遣いで問われるルビン。「うぐッ」この仕草にクラっとくるッ!

くそ、サティラといい、ちびっ子どもは自分の武器を弁《わきま》えてやがる……。

「しない、しない!　さっきだって、すごく苦労してコイツ等を制圧したんだよ?　わざわざそこまでして君に仕返しに来ると思うか?」

「う、ううん……そうだけど」

実際、すごく苦労したぞ。臭いだってひどいし、タイムだって連発したのはいいけど、後々どんな負担が身体にかかるか分かったものじゃない。

あの衛兵がちゃんと鍵を分かりやすく渡してくれればこんなことには――……。

「じゃあ、出よう？」

「う、うん……。で、でもこの人たち動き出したりしない？　止まっている時間がこんなに長いなんて——凄い」

少女は、硬直した男たちを見て今さらながら驚いている。

「どうだろ？　もうそろそろ限界だと思うけど、すぐにというわけじゃないよ。この能力も、もう少し検証しないとね——」

って、

「…………い、今、時間が止まってるって言った？」


言ったよね⁉　こ、この少女——。

まさか、「タイム」の力を見抜いている？

「え？　う、うん……？」

少女はよくわからないといった様子だが、いや待てまて。

待て待て待て待て待て‼

そ、それ以上にこの子の言葉に違和感があるぞ。いや、あったぞ——。

そう。たしか、『き、昨日の……？　銅貨をくれたお兄さん⁇』と、彼女は言った。

——そう、言ったのだ……。

時・・・・・・・間の止まった状態の彼女が俺があげた銅貨のことを、なぜ知っている？

普通、あの状況で俺が銅貨をあげるような人物だとは思わないよな……？

つまり。状況から類推したわけじゃない。

なら……。ならば……。

「……ど、どうして銅貨のことを知っているんだ？　たしかに君は『タイム』で――……」

「『タイム』？？　え？　え？？　…………だって見えていたよ？」

なん、だと…………。

「で、でも！　俺は確かに君の『時』を止めたはず――！」

「う、うん……僕も、時間を止められたのは初めて――ビックリした」

な!!

うそ、だろ――。まさか……。

まさか!!

「君も【タイマー】なのか!?」

第40話「【タイマー】は、タイマーと邂逅する」

「た、タイマー?」

キョトンとした少女。ルビンの言うタイマーのことが分からないのだろう。

実際、【タイマー】というのは、女神の誤字から出た【天職《ジョブ》】だ。他に正式な名前があるのかもしれないが……。

「時間を操る力。時を司る天職のことだよ! 君は俺の『タイム』と同じ力を持ってるのか!?」

いや、持っているはずだ。だから、財布を奪われた時に気付けなかった。知覚できなかった!

つまり、あの時俺は——……。

「——時間を止められていたのか!?」

「う、うん……ごめんなさい」

しゅんと項垂れた少女。

だが、これは本物だ。

時間にして恐らく1秒か、あるいはもっと少ない時間なのだろうが、彼女はたしかに時間を操ることができる。

生まれつきのそれか……、もしくは後天的なものかは、現時点ではわからない。

これは、今後聞いてみるべきだろう。だけど、間違いなく彼女は時を操る【タイマー】だ。

しかも、彼女の能力はルビンのそれより上位かもしれない。彼女の場合は、ルビンに時間を止められている間もルビンの動きが見えていたという。そのあとで串焼きを衛兵にぶつけたのは事前の行動をキャンセルすることができないためだろう。

「これは驚いたね……。君に俄然《がぜん》興味が湧いてきたよ――」

「ひッ」

ニコリではなく、ニィと口角を吊り上げるルビン。

優しい顔をして少女を安心させるべきなのだろうが――それ以上に、そんなくだらない小細工を働かなくてもわかったことがある。

………これは運命だ。

時使いが偶然この狭い人間の世界。それもダンジョン都市に存在し、そのうえ出くわすだって？

そんなの偶然なわけがない――。

これは必然ッ。

ルビンと少女は出会うべくして出会ったのだ。

「行こう……。ここを出よう。さぁ、俺と来てくれないか？」

ルビンは今度こそ、手を差し出す。

それは少女に対する同情からくるものではなく、新しいパートナーを見つけた確信からくる信頼の証。

「い、いいの？　保釈金なんて、僕払えないよ？　か、身体も……売りたくないッ！」

いいさ。当たり前だ！　そんなことは望んでないッ!!

「君がスラムでどうやって生きてきたのかは知らないし、今さら知るつもりもない！　ただ、子供だてらに必死に生きて……それでもなお高潔さを保ち！　身体を売るを良しとしない君の生き方を、尊重する!!　――だから、信じてくれッッ」

すぅぅ、

「――俺は、君を救いに来たッッ！」

そう。

「――仲間として！」

「な、かま……？」

少女がぼんやりとルビンの手を眺めている。

オズオズと差し出されるその手……。硬直した男たちのいる空間で、ルビンと少女は手を取り合う。

時間の止まったこの世界の中で――時間を操る二人の【タイマー】がついに……!!

ぴく……。

ぴく、ぴく――。

「む？　そろそろ時間か」

「え？」

徐々に動き出す気配を見せる男たち。ドラゴンの時と同じ、時間が戻り始める兆候だろう。

「さぁ、出よう。今なら鍵を探す時間もありそうだ――」

「う、うん」

ガチャガチャと鍵束からなんとか整合する鍵を探すルビン。

あーもう！…………………あのクソ衛兵め！　どの鍵だよッ!?

「おい、何の騒ぎだ!?　…………って、なんじゃこりゃぁぁぁぁあああ！」

その時、衛兵隊本部の方から聞き覚えのある声が。

あ、アイツ。あの中年衛兵じゃねーか!!

「おい！　どーなってる!?　また、硬直してやがるじゃねーか!!……って、やっぱりお前か、この冒険者野郎めッ!!」

牢屋の中で硬直している囚人たちの様子に驚いた中年衛兵が、あっさり牢屋の鍵を開けて駆け込んできた。

「おい貴様！　何がどーなってる!?　こりゃお前の仕業か！」

「は？　つーか、アンタ今どうやって鍵を開けたんだ？　あの鍵束は俺が持ってるのに……」

そうだよ。どうやって？

「あ？　こっちの質問に――――ったく、マスターキーに決まってんだろ？　鍵束なんざワザワザ使わ」

「タイムッッ！」

かちーーーーーーん……。

「わ。すごい」

少女が目を丸くしている。なぜなら、その視線の先では中年衛兵が硬直。

そして、ルビンは――――。

すぅぅう……、

「………だったら、初めからそれを貸しやがれぇぇぇえええええ!!」

ムンズと中年衛兵の顔面を摑むとギリギリと持ち上げてマスターキーを奪う。

そして、少女を檻から出すと、

「あ、ありがとう……」

「おう」

代わりに、中年衛兵を中に放り込む!!

「そこで牢の点検でもしてろッ、怠け者!!」

ポーイ!! & 施錠!! ——ガッチャンッ!!

「行くよッ」

「う、うん……。い、いいの?」

雑居房に放り込まれた中年衛兵を見て渋い顔をする少女。

「いいよ、いいよ。ここも彼の職場だからね。じゃあ行こうか」

「う、うん」

そう言って、少女の手を握り、ゆっくりと雑居房を後にするルビン。

あ。

「——そういえば、名前は?」

「れ、レイナ……。レイナだよ?」

レイナ、か。

「いい名前だね。俺はルビン。ルビン・タック――しがない冒険者さ」

「ルビン……さん？　あ、ありがとう――その」

いいさ。

「気にしなくてもいいよ。君は初めて出会った俺の仲間《タイマー》だ。だから」

「う、うん！　わ、私も――私も初めて見たかも……！」

そう言って、恥ずかしそうにはにかむレイナ。その頭を軽く撫でると、ルビンは牢屋を出て、
そして、指を弾いた。

パチンッ!!


そして、時は動き出す――――。


「ひゃっははははああああ!!」

「「「全員で行くぞぉぉぉ！」」」

「お、オデ。もう我慢できない――」

「兄貴、俺が手本を――――……」

「「「「…………って、あるぇ!?」」」」

雑居房の方で何やら騒ぎが。

そして、そこに交じる聞き覚えのある声が小さく響いた。

「――鍵束なんざワザワザ使わねーよ……って、あれ?………………どこだ、ここ??」

な、

「な………」

「「「「なん――」」」」

「「「「なんじゃこりゃぁぁあああ！」」」」

囚人と衛兵。

雑居房で邂逅《かいこう》す――――。

「げぇ!?　なんで俺が囚人どもと雑居房にいるんだ!?」

衛兵の驚きの声に交じり、

「お、おお？　て、ててて、テメェは!!　クソ衛兵ッ」

「あ、コイツ!!　俺を逮捕した野郎だ！」

「――ぅおおお！　ここであったが百年目ぇ!!　やっちめぇぇええ!!」

「「「おおおおぅ!!」」」

ドドドドドドドド!!

怒怒怒怒怒怒怒怒!!

「な、ななな、何で貴様らが!!　ぐおおぉおお！　……――ちょ、やめ!!　そんなの入――

やぁぁぁ！」

「「「ひゃっは～～！！！」」」

あ――。

「ああああああああああああああああああああああああ!!」

何やら知らぬが、牢屋の方で野太い声が響いたとか響かなかったとか。
……しらんけど。

第41話「【タイマー】は、少女に問いかける」

——あああああああああ!!

「わ、すごい声……。い、いいの?」

「何が?」

レイナが気の毒そうに背後を振り返っている。

「——気にするなよ。きっと雑居房の点検に行ったのさ」

「う、うん……。でも——」

レイナはチラチラと振り返る。

どうやら、犯罪者でもない衛兵が酷い目に遭っていることに抵抗があるようだ。

なんだかんだで、素直でイイ子なのだろう。

「大丈夫。お互い仲良く、筋肉言語でお話ししてるだけさ」

そうだろう?

「(あああああ……き、き、き——)」

——き、
貴様らぁぁぁあああああああ!!!

「「「ぎゃーーーーーーーーー!」」」

ドカーーーーン!! と小揺るぎする衛兵隊本部。

おー……やってるやってる。

ドカン、ずかんっ!!　と背後の牢屋の方で激しい物音。その度に囚人に悲鳴があがっている。

ルビンの脳裏には両手で剣を振り回す衛兵の姿が浮かんでいた。

そりゃあ、ね。

……アンタが、そんなに簡単にやられるタイプじゃないわな。

腐っても、上級ダンジョン溢れる都市の衛兵だ。弱いはずがない。

「ね?」

「う、うん……すごいね」

レイナもコクコクと頷いている。

そうして、ルビンたちは衛兵隊本部を出た。

「わぁ……!」

レイナが眩《まぶ》しそうに空を仰ぐ。

1日ぶりの青空。そして、臭い牢屋の空気とは違う新鮮なソレ――。

通りに出ると、レイナはクルクルと回り自由を謳歌する。

「ごめんよ。まさか、本当に牢屋に入れられるとは思ってなくてさ……」

ルビンは衛兵に突き出したことを少し後悔した。子供だから、精々こっぴどく叱られるくらいだと思っていたのだが、まさかあんな場所に入れられるとは……。少し配慮が足りなかったと猛省する。

「え?　い、いいよ!!　僕が悪いんだもんッ!」

素直に謝るルビンに、レイナも恐縮して首を振る。

「あ、あのね……。お財布とってごめんなさい……」

「ん？　いや、もういいよ。別に被害があったわけじゃないし――」

それに気になることもある。

「今回、君を出したのはさ。本当に腕も見込んで、仕事を依頼したかったってのもあるんだけど――」

「う、うん……。し、仕事……？　え、エッチなのは嫌だよ!?」

ドキドキした様子で身構えるレイナ。

「いや、ちげーよ！　……って、話が進まないから、それは置いておいて――。まず聞きたいのは」

そう。

仕事の依頼ともう一つ聞きたいことがあった。

「…………誰に頼まれて俺を襲撃したんだい？」

第42話「【タイマー】は、少女を送る」

「え……………………」

レイナが初めて言葉を詰まらせる。

ルビンに釈放されてからは、しばらく素直だったというのに、突然口を噤《つぐ》んでしまった。

「──どうしたの？　黙ってちゃわからないよ？　もう一度言うかい？」

「…………う、ううん」

フルフルと首を振るレイナ。

「い、言えな────……知らない！」

レイナはプイっとそっぽを向いて知らぬ存ぜぬを貫く。

だが、一度言った言葉はそう簡単に取り消せない。

「ふむー。大体の予想はつくけど、例の親分に口止めされてるのか？」

「し、知らない！　知らない！……ねぇ、もう行っていい？　お、おうちに帰りたいの……」

上目遣いにルビンを見つめるレイナ。相変わらずの視線にクラっとくるも、

「はぁ。せっかく出してあげたのに……。別に恩に着せる気はないけど、少しは話してくれてもいいんじゃないか？」

「で、でも……」

シュンとしてしまったレイナに、ルビンは「ふぅ……」と、ため息をつきながら、

「わかったよ。ひとまずはいいけど。仕事はどうする？　──引き受けてくれるならちゃんと

した報酬を出すよ？」

そう言って、財布からピカピカの金貨を見せる。

「ほ、ほわー……き、金貨だぁ」

レイナの稼ぎがどのくらいか知らないけど、金貨を見て目をキラキラさせている。

銅貨1枚あれば店で大きな黒パンが買える相場だ。

その1000倍の価値がある金貨なら、単純に言ってもパンだけで1年は食べていける計算になる。

ちなみに、銅貨100枚で銀貨1枚。銀貨10枚で金貨1枚。金貨10枚で白金貨1枚だ。

もっとも、金貨も白金貨も流通こそしているが、普段使われることは滅多にない。

それゆえ、強盗、置き引きの常習犯らしいレイナもそうそうお目にかかったことがない代物なのだろう。

ゴクリと彼女の喉が鳴るのが見えた。

そして、手が思わず伸びそうになって……「あぅ。ダメ！」とそう言って自らの手を押さえる。

「そう……。まぁ、気が変わったら言ってよ——宿はここ。大抵は、ここかギルドにいるからさ」

そう言って、メモを渡すも、レイナは首を傾げるのみ。

——あー……。字が読めないか。

「う、うん！　宿屋さんとギルドでしょ？　僕知ってるよ！」

「オーケー。じゃあ、送っていくよ。物騒だしね」

そう言ってルビンは彼女の背を軽く押し出す。先に立ってという意味だが、レイナはちょっと気まずそうだ。

「え……だ、大丈夫だよ」

そう言って固辞するも、ルビンは首を振らない。

「いいから。さっき牢屋でひどい目に遭ったばかりでしょ？」

そう言うとビクリとして衛兵隊本部をこわごわと見上げる。やはり心底恐ろしかったのだろう。

それにしても、この子。こうして日の下で見るとなかなかの美少女だと分かる。

くすんだ赤い髪に、薄い青目。そして、褐色肌はよくよく見れば出る所は出ているので、身ぎれいにすれば見違えるだろう。もっとも、今はボロボロの貫頭衣《かんとうい》のようなものを一枚来ているだけ。

その貫頭衣も、囚人どもにビリビリに破かれてしまったのでもはやただの布切れだ。

おかげで色々チラチラ見えて目のやり場に困る。

先を歩く彼女の腰回りが風に揺れてお尻が――――……ゲフンゲフン。

「……エッチ」

「見てない！」

この子はどこでそういう知識を得てくるのかね!?

そうして、渋る彼女に案内されて向かった先は小汚い通りのさらに奥。いわゆるスラムと言われている場所で、その中でも更に最低辺の場所。一層低い土地のせいで水が溜まりやすく、いつもジメジメとしている。しかも、日当たりは悪く空気も淀んでいた。

「うわ……」

ベチャベチャと泥のような足回りはどう見ても汚水だろう。

(こりゃ酷い……)

街中の澱《おり》が溜まったような場所だけど、それでも人の密度だけはやたらと高い。

スラムに踏み入れた時から、敵意とも不信感ともつかぬ視線に常に晒されてしまった。

「えっと、る、ルビンさん。ここでいいよ。もう帰れるから」

レイナは周囲を気にしながらしきりにルビンを帰らせようとする。

だが、ルビンはそれに頓着することなく、

「……家まで送るよ」

「え……」

その瞬間、レイナが本当に嫌そうな顔をする。

「そ、その……。おうちが本当に汚くて」

「いいから」

有無を言わせないルビンの雰囲気に当てられショボンリしたレイナが、トボトボと先頭に立って歩き出す。

その様子に少しだけ罪悪感を感じるも、ルビンの目的は——レイナを送り届けることになかった。

そして、牛歩のようにノロノロと歩くレイナがピタリと足を止める。

「ここ?」

コクリ。

恥ずかしそうに指さすレイナ。

そこにあったのは家とは名ばかりのボロ小屋……というのも憚《はばか》られるほどの、ボロっちい箱だった。

「あー……」

泣きそうな顔をしたレイナの頭にポンと手を置くと、

「ま、まぁ涼しくていい所じゃないか」

んなわけない。

他にいい言葉が思いつかなかったにしても、我ながらもうちょっと言葉がなかったものか……。

もしかして、家族でもいるのかと思ったが、どうやらレイナは一人らしい。

仲間と言っていいのか知らないが、親分とその手下くらいは周りにいるのかもしれないが、まさか本当に天涯孤独だったとは。

「家族は?」

ふるふる。

「友達は?」

……しゅん。

「えっと……一人なのか?」

「うん」

コクリ。

「ふぅ…………。なぁ、よかったら、ウチの宿に来るか？　空きならまだあるから——」

「え……」

不思議そうにレイナがルビンの顔を見上げたその時——。

「よぉおおおお！　ガキじゃねぇか！」

ルビンとレイナの背後から不躾《ぶしつけ》な声が投げかけられる。

この声は——……。

第43話「【タイマー】は、ゴロツキを薙ぎ倒す」

「よぉよぉよぉー！　レイナ。このクソガキぃ。戻ってきたなら俺様に挨拶するのはどうした？　このスラムの下層西側の支配者――アシッドドッグ様によぉ！」

わざわざ長い口上とともに現れたのは、あの時「タイム」してやったゴロツキの一人だ。

ほっほー!!　自己紹介ありがとう。どうやら「アシッドドッグ（笑）」とかいう二つ名持ちらしい。

「お、おおお、親分さん！　ご、ごめんなさい……。今から挨拶に行こうと……！」

「へ！　おっせーんだよ！　お前んとこだけだぞ、今月のアガリがねぇのはよー！　仕事も世話してやったのに、ヘマして衛兵隊にとっつかまりやがって――覚悟はできてるんだろうな」

そう言ってルビンを押し退《の》けると、その小汚い面をレイナに近づける。

「げへへ。そろそろ娼館に卸せる頃だったたんだけどよー。どうしてもっていうから見逃してやったけど、今回のヘマは見逃せねーなー」

「や、やだ！　行きたくないッ」

「バーカ。覚悟しな。ショバ代も払えないようなクソガキの行き先はよぉ、男なら鉱山か男娼、女なら娼婦か錬金術師用の臓器売買って、相場が決まってんのよ。げっへっへ――」

ヘマ？　レイナが……？

それを言うなら……。

「おい。クソ野郎」

「あぁん!?」

アシッドドッグはようやくルビンに目を向けて訝《いぶか》しげに首を傾げる。

「なんだ、てめぇ――」

「――お前が雑魚だから、この子を囮にして自分たちだけ逃げたんだろう？　ヘマどころか子供の背中に隠れるクソ野郎じゃないか、お前らはッ」

一気に言うと、レイナを背後に庇いアシッドドッグと向かい合う。

他人を囮にするような奴らは屑だ。……許せるものかよ。

「何でぇオメェは……？　ガキ相手にナイトを気取ろうってのか？　なんなら安く売って……って、お前はあの時のッ！」

おっせーよ。

「よぉ、昨日ぶり――っと!!」

グワシッ!!

「いぎゃあぁ!!　て、てめぇぇぇぇぇ！」

初手で顔面クロー！　そのまま、ギリギリと持ち上げる。

結構な大男だというのに、今のルビンからすれば軽い軽い。

「ひぃ！　る、ルビンさん！　や、やめて!!　親分さんを怒らせたら――……！」

怒らせたら？

「……ふーん。怒らせたらどうなるって？」

正直、俺の方が怒ってるよ。

コイツ等、子供を食い物にしてやがる……！　しかも、レイナを売り飛ばすだって!?

ルビンが初めて出会った、この世界唯一の仲間を――！

「いだだだだだ!!　こ、この野郎!!　おい、テメェら出てこい！　コイツをギッタギタにして今日の晩飯の具にしてやれ！」

そう一声かけると、スラムの影からス、スス、っとガラの悪そうな男たちが姿を見せる。

「ひへぇへぇへぇ!!　こ、これでテメェは終わりだぜ……ついでにやりかけの仕事も終わらせられるし、一石二鳥ってもんよ!!」

――やれぇえ!!

「へい、兄貴ぃ！」

「ぐひひ。コイツ金持ってそうだぜ」

「はぁはぁ、レイナたん。はぁはぁ」

アシッドドッグの声に、柄の悪そうな男たちが周囲を取り囲む。

その様子を見てレイナが顔面蒼白になっている。

「や、やだ！　ぼ、僕関係ないよ！　し、知らない！」

「へっへっへ。レイナぁ。そうはいかねーぜ。コイツを連れてきたのはお前だよ。借りはしっかり身体で払ってもらわねぇッブハ！」

うるさい。

ルビンはアシッドドッグを地面に叩きつけると強引に黙らせる。そして、周囲の男たちを睥《へい》睨《げい》すると、

「アシッドドッグとやらの手下か？　スラム下層の西地区のボスって言ってたよな？」

フッ、と小バカにするように笑うルビン。

その雰囲気に手下ども全体が殺気立つも、ルビンにはまったく脅威に感じられなかった。

「こ、コイツぅ、よくも兄貴を！」

「この野郎……。俺たちの縄張りで好き勝手しやがって!!」

「はぁはぁはぁ。レイナたん！　レイナたん!!　はぁはぁ！」

「「うるせぇ!!」」

一匹やべーのが交じっている以外は、雑魚ばかり。武器はせいぜいナイフか棍棒程度。

ドラゴンの力を得たルビンの相手にもならないだろう。

………だが、レイナは彼等を見てガタガタと震えている。

（レイナ……）

今までずっと搾取され続けてきたのだろう。

せっかくの【タイマー】の力もコイツ等にいいように使われていたに違いない。

「——レイナ。よく見ておけよ」

「え？」

ザワザワザワ。

……戦いの気配にルビンの血が騒ぐ。

ニヤリと人知れず口角が吊り上がる。いつの間にか好戦的になりつつあるルビン。

だがそれでもいい。ただ黙って耐えて、大切なもの《キウイ》を殺されるよりずっといい。

「君が恐れていたものを俺がぶち破ってやる――……そして、それを見てから考えてみないか？」

「か、考える？」

そうさ。

「一生スラムで生きていくか。……コイツ等に搾取され、身体を売る生活の二択か――!!」

「そん、な……」

そう。彼女の人生にあったのはこの二択。それを選べと言われてレイナの目が焦点を失い……濁る。

彼女は不満だったのだ。

現状に不満があって、あって、あって、あって、あって!!

――あってどうしようもないから、抗《あらが》っていた。

だから、身体を売るのを良しとせず、なんとか自分の力で食べていけるように耐えて頑張っていた!!

それが強盗の手助けであっても、レイナは抗っていた。

だから!!

「それとも――!!」

ルビンは叫ぶ。つい先日までの自分とタブる彼女の姿を見てッ……!

仲間だと思っていた奴らに疎《うと》まれ、
大切なものを奪われても何もできなかった自分の姿を重ねてみてッ!!

自分とレイナに向かって叫ぶ!!

そうさ、「それとも」だ。

「それとも――――新しい自分を見つけて、真っ白な人生を歩んでいくのか!!」

選べよ!!

「レイナぁっぁああああああ!!」

「ンッだこの野郎!!」

「ぶっ殺せぇぇええ!!」

「レイナたーーーーん!」

敵の数は正面に3名、背後に5名、左右に10～11名が建物の中から狙っている。

合計、約20名――――!　全員、雑魚っ!

「しッ!」

ルビンは正面から突っ込んできたやベーのを含む3名を瞬く間に昏倒させる。

武器も抜かずに拳のみで沈めると、空を舞った雑魚が手放したナイフを掴み取って振り向きざまに投擲《とうてき》。

「あぎゃ!!」

背後から襲いかかってきた大男の足を刺し貫くと、そいつの身体を盾にして大振りな回し蹴りを放つ!!

「ふッ!」

スパパパン!　と、右足で薙《な》ぎ払い、大男の右側から突っ込んできた2名を吹っ飛ばし、右の建物に突っ込ませる。

そして、連中が立てる派手な破壊音を聞きながら、着地する右足を軸に今度は左後ろ回し蹴りを放って大男の左から来た2名をも薙ぎ払い、今度は左の建物に突っ込ませる。

その一連の動きは全て一瞬の出来事!!

ドカーーーーン!! という音が重なって聞こえるほどで、左右のボロボロの建物が崩れて中に潜んでいた襲撃者どももまとめて潰す。

そして、

「とどめぇぇぇ!!」

大男の足からナイフを引っこ抜くと、そのまま腕を吊り上げ身体ごと武器にして残った建物にぶん投げる!!

ズッドォォォオオオオン!! と大爆発のような衝撃音が響き渡ったかと思えば、スラムの粗末な建物がガラガラガラと音を立てて崩れ落ちていくところであった。

「一丁上がり」

パンパンと、手を叩き埃を払うルビン。

「す、すごい……」

レイナはボーっとその光景を見ていた。

まるで夢の中の出来事だとでもいうように……。

「こんな連中『タイム』を使うまでもないよ。……どうかな? レイナ、君の道は見えそうか?」

少なくとも、こんな連中に搾取される未来なんて選ばなくてもいいと――。

コクリと頷こうとするレイナ。彼女がこの汚い場所から決別しようとしたその時、

「て、テメェ……」

ユラーリと起き上がったアシッドドッグ。その手には何故か瓶のようなものを持っており
――……。

「俺を怒らせやがったなぁぁぁあ!!」

そして、奴が瓶のふたを取り、その中身をルビンに向かってぶちまけるッ!!

「俺の二つ名の由来――――強酸攻撃だよぉおお！」

――んなッッ!!

予想外の攻撃にルビンの身体が硬直する。

いくらドラゴンの力を得て強くなったとはいえ、この距離で強酸を浴びればただでは済まない――――クソッ！

「タイ――――……」

ぐ――間に合わないッ。せめて、レイナだけでも……！

ルビンが身体を動かしその身を以《もっ》てレイナを庇おうとしたその瞬間。

まさに強酸がルビンを襲うその一瞬のこと――……。

「だめぇぇぇええ!!」

レイナの目が光った気がした……。

第44話「【タイマー】は、追い詰める」

「――強酸攻撃だよぉォ!!　…………………………って、あれ？」

アシッドドッグの最後の隠し手、強酸攻撃。

それは間違いなくルビンへの直撃コースにあった。

だが、
だが――――……。

「なんで!?　き、消えた!?　ば、バカな……！」

「――――――――ば、馬鹿な……」

アシッドドッグも驚く。

そして、ルビンも驚いていた。

だって、だって、だって……!!

いつの間にか強酸の直撃軌道から逸れ、レイナに庇われるように地面に倒れ込んでいたのだから――。

「うお!?　い、いつの間に躱《かわ》しやがった！　全く見えなかったぞ!?」

アシッドドッグはようやく気付いて更なる強酸瓶を取り出す。

「遅いッ！　ネタが割れて二度も食らうかよ!!」

ルビンの手元には大男から引っこ抜いたナイフが。

そいつを振り抜くようにして投げると、アシッドドッグの強酸の入った瓶を見事に破壊した。

「いで────ぎゃあああ!!　あじゃあぁぁぁあ！」

割れて霧状になった強酸がアシッドドッグの服をドロドロに溶かしていく。

そして、オッサンが半裸に────……。って。

「レイナは見ちゃダメよ」

「ふぁ？」

ルビンに抱きついていたレイナの目を覆ってやる。

「あち、あち、あちちちちちちちちちちッ!!　いや～ん！」

その先では、アシッドドッグが服をボロボロに溶かしてヨヨヨヨヨ……と科《しな》を作ってクネクネとしていやがった。

「キモイんだよ！　アホぉ！」

「あだぁ！」

スパーンと頭を叩いて地面に転がしてやるとみっともなく「ひーひー」と騒ぎながら逃げようとする。

「おら、どこ行くつもりだ、あああん!?」

ズン!!　と背中に足を置いて、威圧感をムンムンに出すルビン。

アシッドドッグはどこかに味方が残っていないか首を曲げて探すも、もはやどこにも手下はいない。

「ち、ちちちちち、ちくしょ～!!　な、何をしやがった!?　ま、全く見えなかったぞ！」

「……あぁ、俺もだよ───」

アシッドドッグを踏みつけたまま、ルビンはレイナの頭を撫でる。

「……ありがとうレイナ」

「え？」

「助けてくれたんだろ？　……………確かに、ほんの一瞬だけ、君の世界が見えた」

レイナの目が光った時。確かに、世界は止まった。

……レイナを除いて世界は止まった――。

その停止した世界でレイナは動く。彼女だけが、時の凍り付いた世界で動き、その先にルビンの命を救おうとして動いていた。そう、たった1秒にも満たない、ほんの刹那のひと時。

だが、世界の全てを停止させることができる――それがレイナの能力《ちから》だった。

「ルビンさんも………時間の止まった世界が見えるの？」

「あぁ、君ほどじゃないけど。たしかに、時の世界が見えたよ」

【タイマー】だけが見える世界。――時の止まった世界。

それは――……時間に介入できるものだけが垣間見る「時使い《タイマー》」の生きる領域だ。

そして、この世界の禁じ手……。

「な、何をゴチャゴチャ食っちゃべってやがる!!　お、おおお、俺を誰だと思ってる!?」

あ、忘れてた。

「アシッドドッグ（笑）だろ？　スラム下層西側の支配者とやらの――」

その言葉を聞いて、レイナが顔面を蒼白にする。咄嗟《とっさ》の出来事とはいえ、正面切ってアシッドドッグに逆らってしまったのだ。レイナにとっての恐怖の対象であるこの男に！

「ひへ！　そ、そうだ、わかってるじゃねーか。れ、レイナぁ！　覚悟しとけよ、俺に逆らったらどうなるか。ゲヒヒヒヒ――あだーー!!」

ゴスッ！　とケツに踵《かかと》を叩き込むルビン。

「勝手にしゃべるな。ケツを割るぞ。――あ……割れてるか」

「ぐぬぬぬぬ……。このクソ若造がぁ！」

なかなかしぶとく抵抗するアシッドドッグ。だが、微塵も恐怖を感じない。

「……あとで、覚えとけよッ！　俺たちスラムの住民に手を出したらどーなるか!!」

は…………？

「何言ってんだよ？」

「あ!?　なんだぁ、今更怖気《おじけ》づい――」

「なぁ、おい。アシッドドッグの親分さん。……あとがあるとか本気で思ってるのか？」

ルビンの据わった目。

そして、未だにありもしないスラムのしょうもない権力に縋《すが》りつくアシッドドッグにもウンザリだ。

「な、なんだと!?　ふ、ふざけんなよ。俺をどうする気だ!!　俺に手を出してみろ――スラム中が……！」

スラム中だと？

「……はッ。くだらねぇハッタリはよせ。ダンジョン都市の人口は約3～4万人。そして市街地の6分の1がスラム化してるのは周知の事実だ。ならばよぉ、スラムの住民は約5～6千人ってとこだよな」

「ほぁ？」

いかにも頭の悪そうなアシッドドッグ。ルビンの言わんとすることがどこまで理解できることやら。

「で――だ。その中でもスラムの下層と言われる部分は、その部分のさらに3分の1。で――お前の支配地域は更に小さくその西側だけ。つまり、下層の4分の1――わかるか？」

「え、ええ、えっと？」

ふん。

「つまり、お前の言うスラムの住民と手下とやらは、せいぜいがダンジョン都市3万のうち、だいたい500人ってとこだな」

「ご、500人⁇」

レイナがここで初めて疑問の声をあげる。

「あぁ、そうだ。そう聞けば多いかな？　でもな……」

ちょんちょん、とレイナの頭をつつくと、

「君くらいの子や老人を加えると、さぁどうかな？　衛生状態も良くないだろうし、病人も多そうだ――とすると――」

ルビンは五本の指を広げて見せる。

これならレイナにもわかるだろう。

指一本当たりで100人という風に示す。

そして、

「――まず、子供が１００人」

ぱたん、と親指をたたむ。

「女、老人――２００人」

人さし指、中指と、次々に一本、二本と指をたたむ。

「そして、最後に病人。これも１００人」

最後に薬指をたたむと、小指を除いてほど全ての指がたたまれる。

「つまりよー……」

ルビンはその小指をアシッドドッグの鼻に突っ込むとそのまま吊り上げる。

「あがががががが……！」

「――なぁ、お前の手下はせいぜい１００人ってとこだろ？」

それも、相当多く見積もってな――。

「な、そ――……」

実際はもっと少ないだろう。この１００人という数字は働ける男の数だ。

その全員がアシッドドッグの手下ということはないはずだから、さらに減って50人。

そのうち、こんな真っ昼間からスラムで管を巻いているような暇人がそうそう多くいるはずもあるまい。

「…………ということは、だ。つまり、ここで俺が伸《の》した連中で、お前の手下は品切れなんじゃねーのか？」

「うぐ……！」

言葉に詰まったアシッドドッグを見てレイナが口を覆う。どうも、かなり驚いているらしい。

「う、うそ……。た、たったのこれだけ!?」

「そうさ。見ただろ？　コイツ等の雑魚っぷりを。ハッキリ言って、君が本気を出せばこんな連中に負けるはずがないよ」

ルビンより、上位の能力を持つレイナ。

世界中の時間を止めるとか、どれだけ桁外れの能力だと思っているのだろう。

「そ、そんな。僕の能力なんて、全然大したことないよ……」

「いやいや。いやいやいやいやいやいやいやいや……」

何を言ってるのかね、君は？

「レイナちゃんや。君の力ね……。多分それだけでSランクの冒険者を圧倒できるからね」

いや、本気。

「ないないないないない！　そんなのあり得ないよー」

この子は何を言ってるのかね??

「……レイナちゃんや。今までどんな風に能力《ちから》を使ってたの？」

「え？　えっとー……置き引きとか、万引きとか、スリ？　あと、逃げる時」

うん。おう。

うん…………………。

すぅぅ……――。

「能力の無駄ぁぁあああああああ!!」

第45話「【タイマー】は、仲間を得る」

「ひゃあ!!」

「ひぇ!?」

レイナとアシッドドッグが腰を抜かしている。

「レイナちゃんや〜い！　もっと……。もっと他に使おうと思わなかったの!?　ほらぁ、ある
でしょ!!　色々ぉ！」

ほら、ほら、ほらぁ!!

「え？　あ、うん。……食い逃げとか？」

はい、ストップ。

「1回犯罪から離れようか」

「え？　だって、他に何かある？」

あるわッ!!

メッチャあるわッ!!

「ほんでから、お前ぇぇええ！　お前はアホかぁ!?」

スパーンと、アシッドドッグの頭を叩《はた》くルビン。

「あだッ!!」

「あだっ、じゃねぇ!!　ば〜か！　お前、バーカ！」

「な！　こ――……」

まぁ、アホだから、こんな最底辺でボスを気取ってるんだろうけどさ。

「せっかくの良質の手下がいたのに、使いこなせてないとか、お前アホだろ!?」

「んな!! あ、アホじゃねーし!!」

アホだ。アホで愚かでクソボケ野郎だ。

……だが、それでよかった。

「──レイナは、もう俺が連れていく。この子はお前の手下じゃない！ 俺の仲間だ!!」

「な！ てめぇ、レイナ!! あとで覚えてろよッ！ このロ◯コンについていったらどうなるか……!!」

「ひぃ!!」

今まで搾取されてきたがために、レイナはアシッドドッグに心理的なトラウマがあるのだろう。

実際はタダの雑魚だというのに、レイナは怯え切っていた。っていうか、

「──誰がロ◯コンじゃ!! ぶっ殺すぞッッ」

ミシミシミシ……！

アイアンクローで顔面を握りつぶさん勢いでアシッドドッグを圧倒する。

「いでででで──やめでーーー!! わがりじだ、わがりまじだー！ レイナには二度と近づきませんッ」

その情けない姿に、レイナの恐怖心が少しずつ取り除かれていく。

「レイナ、安心しろ。こいつには、二度と君の前に顔を出させやしない。そして、俺が君を絶

対に守るッ！」

だから、

「――ここを出て、俺と行かないか？」

「え⁉」

一度はあきらめた勧誘。レイナの方から来てくれればなー……なんて消極的に考えていたけど、この分じゃ、彼女の自主性に期待するのは無理だろう。

ここで彼女の手を離してしまえば、きっとスラムの闇に呑み込まれる。――ならば、多少強引にでも、一刻も早くここから彼女を連れ出した方がいい。

じゃないと……。

ここで彼女を諦めてしまえば、きっと二度と会えない。

そして、彼女もスラムを抜けることができない……。

……そう思うんだ。

――だから‼

「で、でも――」

だが、レイナはまだ逡巡《しゅんじゅん》している。アシッドドッグのことが怖いというのもあるのだろう。

そして、この環境から抜け出て、新しい場所へと行くという――将来への不安も……。

――だからこそ！

「大丈夫だ。コイツ等には、君に指一本触れさせやしない。約束する‼　それにさ……――俺が来てほしいんだ」

だから、ルビンも正直になろう。

「――お、俺にレイナの力が必要なんだ！　だから頼む、レイナ……。君の力を貸してくれッ」

もう、余計な言葉はいらない。

駆け引きも必要ない。

……ルビンは正直になる。

だから、真摯に訴える!!

「頼むッ！　俺と一緒にパーティを組もうッ！」

そうして、手を差し伸べる。掴んでくれと差し伸ばす――――！

ルビンの視線を受けて、レイナが……。

「…………………………うんッ！」

レイナは一度だけアシッドドッグを流し見て、一度だけスラムを見渡して、……自分の狭くて汚い寝床を振り返り――そして、もう二度と顧みることなくルビンの手を取った。

「うん……。うんッ。うん!!」

涙ぐむレイナ。

「――行く。行くよッ！　僕、ルビンさんと、一緒に行くッ！　だから、ここから……。ここから、僕を連れてって!!」

あぁ、そうだ。そうとも。

「もちろんだよ！　俺の方こそ頼む――それに、『さん』なんてつけなくていいよ。ルビンでいい」

そうだとも！　もう仲間なんだから、「さん」付けなんて仰々しいだろ？

「え!?　よ、呼び捨てはできないよー」

うん？　そ、そういうもんか？

「じゃー。好きに呼んでくれよ。仲間っぽくさ！」

「え、えぇー……うーん。ルビン──……うーん。お兄ちゃ……お兄さん？」

お、お兄さん──。

……………………おっふ。それもありだな。

「え、えっと、お兄さんでいい？」

「…………おう」

やべぇ、照れくさい。

「ルビン」でもいいんだけど、多分、この子は年上を呼び捨てできないように育っちゃってるんだと思う。なにせ、最底辺とはいえ、上下関係にうるさいスラムの裏社会で生きてきたのだ。なら、好きに呼ばせるさ。

──と。そこに余計な奴が一匹。

「へ、へへへ……。な、なんか、そーいうことに決まったみたいで、良かったですね。うへへへ」

ルビンとレイナが通じ合っていた頃。顔面にアイアンクローを食らっていたアシッドドッグが気持ち悪い笑みを浮かべながら、ルビンの拘束を抜け出し、揉み手をしながら後退《あとずさ》っている。

ニヨニヨ。

じりじり。

「…………よう。レイナは連れていくぜ。お前らの所には二度と戻らない。いいよな？」

「えへへへ。も、もちろんですよ……。じゃ、じゃあな、レイナ」

「は、はぃ……」

アシッドドッグがアッサリと退き下がったので、逆にレイナは不安そうだ。

それを見越してルビンは軽く肩を叩くと、

「荷物の準備とかあるだろ？　ここで待ってるから準備してきなよ」

「え、う、うん！　ありがとう!!」

そう言って、レイナはボロ小屋に中に駆け込むと、ガチャンガチャン！　と派手な音を立てて準備をし始めた。たぶん、壁とか床に色々と隠しているんだろうな。

「──そ、それじゃ、アッシはこれで……」

ニコニコと、終始気持ち悪い笑みを浮かべているアシッドドッグ。そのまま背を向けてスラムの奥へ。

「おう、ゴラ──」

がっしり…………。

「ひぅ！」

さりげなーく逃げようとしていたアシッドドッグの肩を、がっしりと摑むルビン。

「な、なななななななな、何か用っすか？　まだ何かあるんスか!?」

「何か用っすか──じゃねーだろうが……」

ビキビキビキ……。

ルビンの腕の筋肉が膨張し、アシッドドッグの肩を砕かんばかりに握りしめる。

「いっだだだだだっだッ！　よ、よせ!!　ヤメロぉぉお!!　折れる折れる！」

「……『ヤメロ』だぁ？　なぁ、お前は今までに、その安い命乞《やっす》いを聞いてきて、それを1回でも受け入れたことがあるのか？　…………あるなら、考えてやってもいいぜ」

「ぐ…………………」

――……だろうな。

「じゃーダメだ」

「ひぇ!?」

メリメリメシィ！　とアシッドドッグの肩が嫌な音を立てている。

「…………言っただろ？『あと』なんてないってよ――」

「うひぃぃいいいい!!」

恐怖に濁ったアシッドドッグの目。彼は、一瞬で部下を圧倒し、人間離れした膂力《りょりょく》で自分の肩を締め付ける目の前の男に恐怖する。そう、スラムで鍛えた男といえども恐怖する！

いや、アシッドドッグのように、人の恐怖を利用する人間だからこそわかることもある。

…………この男はやる――と。

「だから、囀《さえず》ってもらおうか」

「ひえ!?　な、ななな、何をぉぉ!?」

そうとも……。ブチのめす前に聞きたいことがあるんだよ、お前にはなッッ!!

――忘れるものかよ。

「……昨日、俺を襲った時に言ってたよな？　『兄ちゃん悪く思うなよ、こっちも仕事なんでな』──ってよぉ」

「うひッ!?」

忘れてるとでも思ったか……？　レイナが話さないなら、お前から聞くまでさ──……。

「さぁ──舌が喋りやすくなるまで、地面の汚水でも舐めてもらおうかぁぁぁあああああ!!」

「ひゃあああああああ!!　言います言います言いますぅぅぅぅぅう!!」

汚水の染み込んだ地面に叩きつける直前。アシッドドッグが壊れた魔導音声器のようにペラペラと喋り始めた。

「女です!!　教会の女ですぅぅう!!　街でSランクパーティをやってる、美人のぉぉおお！」

ほう…………………。やっぱり、メイベルか。

「そこまで聞ければ──」

十分だぁぁぁああ!!

──おらぁぁぁあああああ！！！

「やぁぁぁああ!!　メイベルさんだ!!　メイベルのクソアマだよぉぉぉおお!!　喋ったからやめてぇぇえええええ!!」

名前なんざ、言わんでもわかるわぁぁぁ!!

だから、やめるか、ボケぇぇぇぇえええええええ!!　レイナの分の落としまえつけたらぁぁぁあああああ!!

「おらぁぁぁあ!!」

べっしゃぁぁ!!

アシッドドッグを地面に叩きつけると、そのまま、ガリガリガリィ!! と顔面で開拓しながら――。

「スラム下層の西地区の支配者さんよぉぉおおお!!」

「あばばばばばばばばばばっば!!」

そのまま、引き摺りぃぃぃぃいいいいい!!

「――東地区までぶっとべやぁぁぁああああ!」

とりゃぁぁあああああああ!!

「あーーーーーーーーーーーーーーれぇーーーーーーーーーーーーーーーーーーー!!」……アベシッッ!

全身汚水まみれの泥だらけになったアシッドドッグ改めマッドドッグが、グルングルンと回転しながら東の方まで飛んでいく。きっと受け身も取れないまま地面とキスをすることだろう。

そのあとは……?

――知らんよ。

スラム下層西地区の支配者さまが、無防備で隣の地区に落下してきたらどうなるかね?

きっと、東地区の皆さんは喜んで出迎えてくれるだろうさ。

「二度とレイナに顔を見せるな、クソ野郎っ」

ビシィ!! と中指を突き立てると、晴れ晴れとした顔のルビン。

レイナの遺恨を取り除き、そして、予想通りではあったが……ルビンを襲わせた犯人が分かった。

「お待たせ～！　あ、あれ？　親分さんとかは……？」

ちょっとした荷物を抱えたレイナ。キョロキョロと不安そうに周囲を見回し問うた。

「さぁ？　きっと東まで散歩に行ったのさ。それよりも、行こうか？」

「うんッ!!」

ルビンが差し出した手をオズオズ握りしめるレイナ。それをギュッと握り返し、ルビンは歩き出す。

「……お腹空いてない？」

「すいてな――」

ギュルルルルルル……！

「あぅ」

「あははは！　うん、いいよ――屋台で何か買っていこうか」

串焼きなんかいいな。

甘いの、辛いの、しょっぱいの、

「いいの!?」

「いいよ」

ニコニコと歳相応の笑顔を見せるレイナに、ルビンもニッコリと微笑み返す。

初めて【タイマー】の仲間ができた。

ルビンにも仲間ができた――。

エリックのような傲慢な奴でもなく、
アルガスのような暴力的な奴でもなく、
サティラのような無神経な奴でもなく、
メイベルのような腹黒い奴でもない――。
そうさ、メイベル……………。
「――そのうち、借りは返してやる」

第46話「【タイマー】は、ギルドで情報を得る」

「──で、この子ですか？」

「うん。レイナっていうんだ」

ふーん。と、セリーナ嬢がカウンター越しにレイナをジロジロと見る。

レイナは居心地が悪そうにしながらも、行きがけにルビンが買ってやった朝食のパンを「あぐあぐ」と頬張っている。

「えっと、ロ◯コンさんですか？」

ズルッ！

思わずズッコケるルビン。

「──なんでやねんッ！」

「え？　言っていいんですか？」

え。

あ。

「………なしの方向で」

「あ、はーい」

セリーナ嬢はなおも胡乱《うろん》な目をルビンに向けてくる。

（うう……そんな目で見ないでくれよ）

「まぁ、ルビンさんがそれでいいというなら特には言いませんけど……。本当にこの子で大丈

夫ですか？」

セリーナ嬢は疑わしげだ。

……確かに、レイナの見た目はチッコイ。

年齢はゴニョゴニョだけど、これでも凄腕の少女だ。しかも、ルビンと同じ――時使いの【タイマー】なのだ。

「もちろんさ！　俺はこの子しか相棒に考えられないッ」

「は、はぁ…………。そ、そうですか」

「あぐ、あぐ。ふみゅ？」

レイナは、自分が話題になっていることにも気付かず、パンに夢中だ。まだまだ食べたそうだったので、朝イチの屋台で買ったチーズとパンと果実の水割りをそっと渡してやる。

「ありがとー！　お兄さん！」

レイナはパァっ！　と輝く白金貨１００枚のスマイルで笑う。

「う……」

「う……」

「「「「う…………！」」」」

魂の汚れ切ったギルドの皆さんはその笑顔が眩《まぶ》しくて直視できない。

「な、なんて強力なスキル……。納得だわ」

「はい。凄いんです――――って、ちゃうわ!!」

セリーナ嬢も冷や汗を流しつつ、「恐ろしい子」という目でレイナを見ている。

「いや、そういうんじゃなくて……！　この子は、俺と同じ能力を――いえ、それ以上の能力を持っているかもしれないんです！」

「え……。じ、時間魔法を⁉」

これにはさすがにセリーナ嬢も驚いた様子だ。しかし、軽々に話せる話題ではないと思ったのか急に声を落として、

「こ、ここではちょっと……」

朝のギルドのカウンターは混み合っているため、冒険者に会話を聞かれてしまう。

今さらな気もしたが、セリーナ嬢はカウンターに『離席中』の札を立てると、酒場の方にルビンたちを誘った。

「――申し訳ありません、ここなら少しはマシでしょう」

朝の時間帯。酔客はほとんどおらず、離れた席でギャンブルに興じるパーティがいるのみだった。

なるほど。小部屋で話すよりもここの方が目立たないし、周囲も見渡しやすい。

「さっきの話は本当ですか？　まさか、いくらなんでも、こんな短期間に立て続けに……」

セリーナ嬢は眉根を寄せている。どうやら、あまり喜ばしい話でもないらしい。

「どうしたんです？　なんか随分先日と対応が違いますね……？　何かあったんですか？」

「え、えぇ。その」

セリーナ嬢は目立たないように周囲を確認すると、

「…………この近辺で、エルフが確認されました」

「え？」

エルフって言えば、禁魔術の取り締まりやら、人間嫌いで有名なあの――……。

「私の不手際ですね……。おそらく、当初からエルフは各地に密偵を放っていたようです」

「密偵って……！」

セリーナ嬢は更に声を落とすと、

「……本部に問い合わせたところ、王都はもとより、各地からエルフの非正規戦部隊《シークレットフォース》がこの街に集結しつつあるそうです」

「まさか……なんで――！」

いや、聞くまでもない。禁魔術を忌み嫌うというエルフのことだ。

どこかでルビンの話を聞いたに違いない。

「……恐らく、すでにルビンさんの噂を掴んで動き出しているものと思われます」

マジかよ。

……エルフが俺に興味を？

「興味どころか、……連中の非正規戦部隊が動き出しているということは――」

ゴクリと、セリーナ嬢が唾を飲み込む。

「――彼ら本気ですよ……」

「本気って……。俺、どうなるんです？」

危機感というほどでもないが、見も知らぬ連中に注目されているという居心地の悪さを感じたルビン。

「今はなんとも……。そもそも、ルビンさんの天職とそれが禁魔術と決まったわけでもありません し――。とにかく、今はやはりその『天職《ジョブ》』について調べるべきかと」

「つまり、現状通り『時の神殿』へ？」

「はい。既に手はずは整えてあります。あとはルビンさん待ちでしたので、ルビンさんの都合さえよければ、いつでも出発できます」

「わかりました。すぐにでも行けますよ――」

「すみません。本当に私どもの不手際ですね……。もっと配慮すべきでした」

時の神殿が天職に関係あるかどうかも分からないのに、悠長な話だ。とはいえ、現状できることがないのも事実。非正規戦部隊が動き出しているということは、どこに行っても同じだ。

セリーナ嬢はランク認定や、ギルド内で起こった騒ぎについてすぐに対処しなかったことを悔いているらしい。

「セリーナさんのせいじゃないですよ。どのみち、いつかバレたでしょうし。……それに、俺はこの子を守らなければならない」

ポン。とレイナの頭に手を置く。

「――確かに、いずれその子のことも嗅ぎつけられることでしょう。しかし、本当に禁魔術をその子が？」

「禁魔術かどうかまでは……。ただ、俺よりも上位の能力を持っています」

「うそ……。まさか」

「本当ですよ。セリーナさんの言う通り、いずれ嗅ぎつけられることでしょう」

「ん？　僕？」

レイナが漸《ようや》く顔を上げると口の周りは食べかすでベッタリしていた。

「いや、気にするな」

ルビンはレイナの口まわりを拭ってやる。

「そうですよ。子供はよく食べて、よく寝て…………………。ルビンさん？」

セリーナ嬢はレイナの頭を撫でつつハタと気付く。

「はい？」

「この子……。綺麗ですよね？」

「え？　あ、まぁ。可愛いですよね？」

「いえ、そうでなくて——浮浪児だと言ってましたよね？　たしか……」

「あ、はい」

ん？　セリーナ嬢が何を言わんとしているのか……??

「石鹸の匂いがしますし、この服……男物で、サイズはルビンさんのものですか？」

「え？　まぁ、そりゃ……。貸してあげましたから」

だって、この子の服ボロっちくて、臭かったんだもん。身体だってドロドロだったし——

…………あ。

「…………昨日。どこに泊まりました？」

「え。そ。そりゃ……や、宿、です——けど？」

ガタンッ。

「まさかとは思いますけど、同じ宿ですか？　しかも、同じ部屋だったり――」

「え⁉　いや、そりゃあ……」

セリーナ嬢が影のついた黒い笑顔でニッコリ。

ルビンの肩に手を置いて、ニッコリ。ギリギリしながら、ニッコリ――。

「年頃の女の子を宿に連れ込んでるわけですか？」

「あ、あの。痛いッス。言葉にだいぶ語弊があるッス。それに、その、誓って変なことは――‼」

え。

「ルビンさん。…………………お風呂は？」

「いや、はい。え？」

え？

何この空気？　なんか、ギルド中がこっちに注目してない？

エルフとかの話よりも空気重いんですけど――。

「――アウト」

え⁇

セリーナ嬢は額を押さえて天を仰ぐ。

――あ、アウト？

「…………………いや、だって！　衛生面に気を遣うのって大事でしょ⁉　だってほら、こんなに可愛いのに、ガリガリのぺったんこで――」

グワシ。

「いだだだだ！　セリーナさん！　顔面ッ。顔面、アイアンクロー!!　いだだだ」

ニッコリ。

「ギルティ」

「な、何の話ですか!?　っていうか、なんだお前ら!!」

いつの間にか、ギルド中の人間が酒場に乗り込み、ルビンをじーっと見つめたかと思うと、

「「「「ギルティ！」」」」

だから何の話じゃぁぁああああああああああ!!

「ふみゅ?……おかわりー」

ルビンの叫びとは裏腹に、レイナは酒場のおばちゃんに朝定食を注文していた。新規で。

ええ。もちろんそのあとで、しっかりきっちりミッチリ話して誤解を解いておきましたよ!?

ええ、誤解をね!!

「ええから、はよ行ってください。『時の神殿』までの案内人が待ってますから――いってらっしゃい、(ロ〇コン)ぼそっ」

セリーーーーーナーーーーーーー!!

ルビンの悲しい叫びが響いたあと、二人を乗せた馬車は一路『時の神殿』へと向かって行った。

番外編『鉄の拳《アイアンフィスト》』結成前

「うわー……これが冒険者ギルドかー」

忙しく書類整理をしていたセリーナは、入り口から飛び込んできた若い声に思わず顔を上げた。

それもそのはず、その界隈《かいわい》で若い冒険者はさほど多くはない。

本来ならもっと安全な土地で経験を積んでから来る場所だろう。

なぜなら、ここはダンジョン都市。周囲に数多《あまた》あるダンジョンと古代遺跡を擁する、冒険者御用達の町なのだ。

もっとも、初心者用のダンジョンなどほとんどないので、ここに来るのは中級程度の腕を持った冒険者がほとんどだ。

「おい、見ろよ――」

「お、ルーキーじゃねぇか。珍しい」

「そうでもねぇぞ？　今日だけで何人か見たぞ、俺は」

そして、ルーキーの存在に気づいたベテランと呼ばれる冒険者連中がさっそくちょっかいを出す準備をしていた。

いつもながら冒険者どものこういう行動は理解しかねる――。

「へへ――おい、そこの新入りぃーいだっ」

ごんッ！　と、すかさずチョップ。こういうのは早いに限る。

ギルド内のもめ事を早期に処理するのもギルド職員の務めだ。

「へー……酒場と併設なんだ。……あ、これがうわさに聞く依頼板《クエストボード》かな？」

しかし、入ってきたばかりの新人は、今しがたセリーナがもめ事を処理したことにも気づかず、キョロキョロと。

そして、ようやくセリーナがいる受付に気づくとペコリと目礼。

セリーナもそれに軽く目礼で応えつつ、カウンターの内側に回った。

それにつられるように新人もスタスタとセリーナの前にやってくると、

「あ、あのー……ここが冒険者ギルドでいいんですよね？」

ズルッと、思わずこけそうになったセリーナだが、なんとか耐える。

（ど、どこのボンボンよ……）

と、言いたくなるのをグッと堪《こら》え、ニコリと微笑む。

「はい。こちら冒険者ギルド、ダンジョン都市支部となっております」

「あ、よかったー。間違えてたらどうしようかと思ってたんですよー」

ニコニコと温和な雰囲気の青年は、カウンターに乗り出すとセリーナに手を差し出した。

「ど、どうも。俺――」

「あら、新人さんかしら？」

セリーナは差し出された手に目線を落とすだけで言葉で返す。

「あ、はい。ルビン。……ルビン・タックと申します。えっと――新人というか、今日から登録するというか……」

「ああ、そうなんですね！　はじめまして、私――ギルドの受付嬢をしているセリーナと申します。以後お見知りおきを」

「は、はい。よろしくお願いします」

そう言って頭を下げるルビンを見て、セリーナは育ちの良さを感じ取った。

「――今日から冒険者になりたいっておっしゃいましたけど……。貴方、いえ、あなた様は貴族――の方ですよね？」

「え？　ど、どうして……。いえ。その――貴族というか、貴族だったというか……」

ゴニョゴニョ。

「その、一応そういうことになります、けど――貴族だと冒険者になれなかったりするんですか？」

「い、いえ、そういうわけでは――えっとぉ……」

セリーナとしては貴族のように生活に困らない人間が冒険者をしたいのか？　と聞きたかったのだ。もっとも、これはセリーナの勘違いが多分に含まれており、一口に貴族と言っても裕福なものから貧乏な貴族まで様々である。

まぁ、事情があるのだろうと、セリーナは彼女なりに納得すると、ニコリと微笑み――。

「あぁ、はい！　特に問題ございませんよ。では、こちらへ」

それだけ言うと、セリーナはカウンターから出てルビンを誘った。

彼の様子から、何らかの事情があるのだろうと察したのだ。……別に面倒くさくなったわけではない、と思う。

「あ、はい。行きます、行きます！」

ルビンも特に言及することなく、素直にセリーナについて行くと、ガチャリと扉を開けたセリーナに従い中へ。

「では、こちらでお待ちください。今日は珍しく新人さんが多いので、こちらでまとめてブリーフィングをさせていただきますね」

そう言って適当な席にルビンを着かせる。

中では、先に来ていた新人冒険者が緊張した面持ちで待機していた。

そして、キョロキョロと中を見回していたルビンと、奥に座っている青年と目が合った。

「あ、どうも……」

「お、おう……」

それだけの簡単な挨拶で、二人の間には沈黙が流れた。

「「…………」」

それを横目で確認しつつ、今日はもう新人は来ないだろうと判断したセリーナが、一度職員控室に戻ることにした。

「それでは、しばらくお待ちください。この後で資料を配布いたしますので、受け取り次第ブリーフィングを始めたいと思います」

コクリと室内の冒険者が頷くのを確認したセリーナは、会釈して部屋を出る。

（新入りの冒険者かぁ……）

このうち何人が無事に中級にまでたどり着けるのだろうかと、不謹慎なことを考えている自分に苦笑しながらセリーナは扉を閉じた。

バタン…………。


そして、セリーナが説明用の資料を取りに戻っている間のこと。

ほとんどが初対面の新人たちは居心地が悪く思いつつも、思い思いに過ごしていた。

ルビンも同じで、なんとなく目が合った新人さんの隣に座ったわけだが、特に会話もなく――。

その時間が苦痛に感じられたので、本当になんとなくの気持ちで声をかけた。

「あ、その――」

「な、なぁ！」

あ。っとなぜか同時に口を開いた二人。

「「あ、どーぞどーぞ」」と仲良く譲り合う二人。

二人ともその反応に苦笑しつつ、

「え、えっと、……俺はルビン。ルビン・タックよろしくな」

「お、おう。俺はエリック。今日から冒険者になる男だ。俺もここは初めてでさ――」

そう言って、二人は握手した。

「ルビン、さんも今日が初めてなんだよな？」

「え？　うん――……ルビンでいいよ、エリック？」

「お、おう、俺の方もエリックでいいよ。なんつーか、よろしくな」

なんとなくで声をかけ、
たまたま同じ日に冒険者になったルビンとエリック。
二人は互いにシンパシーを感じ、自然と握手を交わす。
……ルビンとエリック。
二人がパーティを組むのはこの後すぐのことである。

そして、

ガチャ――……。
「はーい。それでは新人の皆さん。ダンジョン都市冒険者ギルドへようこそ、これより新人研修を始めます――」

二人は冒険者になった。

あとがき

拝啓、読者の皆様。LA軍《ラグン》です。

皆様まずは本書をお手に取っていただきありがとうございます。本作はお楽しみいただけたでしょうか？　少しでもお楽しみいただけていれば作者として無上の喜びです。

私にとっては、書籍3作目の作品となります。1作、2作と作品を出せるようになったことは感無量の思いです。

それもひとえに応援してくださった皆々様のおかげであると思い、大感謝の気持ちでいっぱいです。今後ともよろしくお願いします。

さて、本作品について少し。

本作品については、知人との会話の中から出てきたひょんな一言から始まっています。

「最近テイマーとか流行ってるよねー」「テイマーとタイマーって似てるねー」といった会話です。この瞬間ビビビと来たわけです。それから先はほぼノンストップで物語が組み上がっていきました。

いわゆる、よくある「追放ざまぁ」系の一つではありますが、主人公とヒロインの魅力を最大限に引き出すため、時間を操るという能力を与えてみました。

しかし、時間を操るとはいっても、万能の力ではなく、どこかイマイチ性能的に首をかしげたくなるもの……として、彼らに与えました。そして、その使い方をどう描くかが作者としての魅力の引き出し方と思い、作中で描いております。まだ未読の方はぜひともお読みくださされば幸いです。

では、本巻ではこの辺で。次のルビンたちの活躍はいかほどのものか。きっと、新しい仲間を得てダンジョンを踏破するかもしれません。それとも、大量の敵と激戦を繰り広げるのか。物語はまだ始まったばかりです。ぜひとも、今後とも応援のほどよろしくお願いいします。

最後に、本書編集してくださった校正の方、編集者さま、出版社さま、そして美麗なイラストで物語に素晴らしい華を与えてくださったぴず先生、本書を取り扱ってくださる書店の方々、そして本書を購入してくださった読者の皆様、誠にありがとうございます。御礼をもってご挨拶とさせてください。本当にありがとうございます！

敬具

追記

なんと、この作品。コミカライズします！

当初はＷｅｂ発信の形でお届けできると思います。

コミカライズされたルビンたちの活躍をぜひとも、流麗なイラストと手に汗握る迫力ある動きとともに期待してください。私も期待しています！

しばらくお時間をいただくと思いますが、コミックで見られるルビンたちの活躍をぜひともご覧いただきたく思います！

絶対に損はさせないので、小説ともどもお手に取っていただければ幸いです。
では、次巻でまたお会いしましょう！
読者の皆様に最大限の感謝をこめて　吉日

2月よりコミカライズ連載中！
美少女×イケメン!?が織りなす青春ラブコメ
実は
クラスで陰キャの俺が
大人気バンドのボーカルな件
作画 釘宮あつき
原作 夜桜ユノ
キャラクター原案 みすみ
PASH UP!
Twitter @pash__up
URL https://pash-up.jp/

この本を読んでのご意見・ご感想・ファンレターをお待ちしております。
〈宛先〉　〒104-8357　東京都中央区京橋 3-5-7
（株）主婦と生活社　PASH！編集部
「LA軍先生」係
※本書は「小説家になろう」（https://syosetu.com）に掲載されていたものを、改稿のうえ書籍化したものです。

PB
PASH!ブックス

追放されたSランクパーティのサモナー。
転職してテイマーになるはずが女神の誤字のせいでタイマーにされ、
仲間からゴミ扱い。でも実は最強の「時使い」でした
2021年3月15日　1刷発行

著者　LA軍
編集人　春名 衛
発行人　倉次辰男
発行所　株式会社主婦と生活社
〒104-8357　東京都中央区京橋 3-5-7
03-3563-5315（編集）
03-3563-5121（販売）
03-3563-5125（生産）
ホームページ　https://www.shufu.co.jp
製版所　株式会社二葉企画
印刷所　大日本印刷株式会社
製本所　下津製本株式会社
イラスト　ぴず
デザイン　Pic/kel
編集　松居 雅

　ISBN978-4-391-15548-8